Occult
―オカルト―
闇とつながるSNS 3

プロローグ

ねぇ、キミは怖い話とかにキョーミない？
Ｏｃｃｕｌｔっていう面白いアプリがあるんだけど。

このアプリは私と友達で管理してるんだけど、
たまに洒落にならないような危ない話が出てくるんだ。
そのせいなのか普段の生活でも
変なものを感じるような気がするし。

え？　私が誰かって？
私は一条　宮子。
このあたりだと有名なんだけど知らないかな？

そんでキミは特別な〝何か〟があったりするのかな？
私の場合は凜ちゃんが守ってくれるから大丈夫だけど。

あとここから先は自己責任ってことで。
私は助けてあげられないから頑張ってね！

もくじ

子泣《な》き爺《じじい》

みなさんには、その名前を聞くだけで怖《こわ》いと感じるものはあるでしょうか。

高いところ、虫、お化け、人によってその答えは違《ちが》うでしょう。

ぼくが怖《こわ》いのは「子泣《な》き爺《じじい》」です。

子泣《な》き爺《じじい》というのは、夜道で出会った人に向かって赤ん坊《ぼう》のような声で泣《な》く老人《ろうじん》の姿《すがた》をした妖怪《ようかい》です。子泣《な》き爺《じじい》が登場するアニメや本では人間の味方として活躍《かつやく》することも多く、怖《こわ》い存在《そんざい》というイメージは少ないかもしれません。

しかし、妖怪《ようかい》というものは理解《りかい》できない存在《そんざい》や現象《げんしょう》を〝こういう存在《そんざい》が悪さをしているんだ〟と納得《なっとく》するために人間が名前や姿《すがた》を後で考えたという説《せつ》もあります。

だから、もし妖怪《ようかい》の本当の姿《すがた》を知ってしまったら、それまでのイメージのままではいられなくなってしまうことだって十分に起こりえるのです。

これから話すのは、ぼくがそう思うきっかけとなったできごとです。


ぼくが住んでいた町は大都会と比《くら》べるとずいぶんな田舎《いなか》でした。4階建《かいだ》て以上《いじょう》の建物《たてもの》はほとんどなく、視界《しかい》のどこかに必《かなら》ず山が入るような場所と言えばわかるでしょうか。

それでも住んでいる人の数は結構《けっこう》多く、通っていた小学校も1学年で4クラスもあっていつも騒《さわ》がしかったです。

そんな学校を当時さらに騒《さわ》がせていたのがベーゴマの存在《そんざい》でした。

ベーゴマというのは昭和に流行《はや》ったコマ遊びの一種《いっしゅ》。ヒモを巻《ま》きつけた小さくて平たい金属製《きんぞくせい》のコマを、バケツに布《ぬの》などを張《は》ったフィールドの上に勢《いきお》いよく打ち出します。

相手のコマをはじき出したり、回転が止まったりした方が負けというゲームです。

3年生の男子の間でこのベーゴマが密《ひそ》かにブームとなっていました。きっかけは鶴岡《つるおか》先生の国語の授業《じゅぎょう》。先生は教科書に登場する様々《さまざま》な昔のできごとを実際《じっさい》に授業《じゅぎょう》内で体験《たいけん》させてくれることがあったのですが、このベーゴマもそのひとつでした。

最初《さいしょ》は古臭《ふるくさ》くて乗り気じゃなかったクラスメイトたちですが、実際《じっさい》にやってみるとコマとコマが激《はげ》しくぶつかる派手《はで》さや、コマを打ち出すときの角度や勢《いきお》いで勝敗《しょうはい》が変《か》わる戦術《せんじゅつ》性《せい》などが奥深《おくぶか》くてかなり盛《も》り上がりました。次第に皆《みんな》ネットで自分専用《せんよう》のベーゴマを買い始めるなど、男子の間で一大ブームになっていったのです。

もちろん、ぼくもそんなベーゴマに魅《み》せられた1人です。休み時間や放課《ほうか》後などは、クラスメイトのユウヤやヒロ、ヨシタカたちとよく先生に隠《かく》れてベーゴマをしていました。

隠《かく》れてやっていたのには理由があって、ベーゴマというのは激《はげ》しくコマとコマがぶつかるため、たまにコマが勢《いきお》いよく飛《と》んでいってしまうのですが、教室でやっていたときにクラスの女子の手に飛《と》んでいったコマがぶつかる事件《じけん》が起きてしまったのです。

それ以来《いらい》、先生たちから『ベーゴマ禁止令《きんしれい》』が出されてしまいました。

その日の放課《ほうか》後はここ数日連勝続《れんしょうつづ》きだったヒロとヨシタカに勝つべく、ユウヤと共《とも》に体育館裏《うら》の細長い通路に隠《かく》れてベーゴマをやっていました。

「いけ！　いけ！　倒《たお》せ！」

「あー、耐《た》えろ、耐《た》えろ！　くぁ――負けたぁー！」

「やっぱ、ユウヤつえーなぁ。どうやってそんな勢《いきお》いつけられんの？」

「打ち出すときに手をぐっと引くんだよ。はぁー、でもこんな狭《せま》いところでチマチマやっててもつまんねーな」

「最初《さいしょ》の頃《ころ》は教室とか使えたんだけどね」

「まあ、しょうがないか。女子が嫌《いや》がっていたし」

「2組とか3組の皆《みんな》がこの前、公園でやっていたら女子の誰《だれ》かが先生にチクったみたいで、公園でもダメになったらしいよ」

「マジかよー。じゃあどこで――」

ガシャン。

「えっ」

「ベーゴマ？」

突然《とつぜん》、誰《だれ》かが話しかけてきました。

「ベーゴマ?」

「そうだけど……」

学校の敷地《しきち》と一般《いっぱん》道を分ける緑色の大きなフェンス。そこに両手でしがみついていたのは、ぼくらと同じくらいの背丈《せたけ》をした少年でした。

「狭《せま》いんじゃない、こんなところでやるの」

「まあ、そうだね……」

ちょっと変《へん》な子だなと思いました。突然《とつぜん》話しかけてきたこともそうですが、その頃《ころ》は春から夏に移《うつ》り変《か》わろうとしていた季節《きせつ》だったにもかかわらず、その少年は長袖《ながそで》のシャツにマフラーを巻《ま》き、マスクを着《つ》け、長いツバの帽子《ぼうし》をかぶっていたのです。

「ぼく秘密《ひみつ》の場所を知っている」

「へ、なにそれ?」

誰《だれ》とでも仲良《なかよ》くなる性格《せいかく》のユウヤはもう少年の語る内容《ないよう》に興味《きょうみ》を抱《いだ》いている様子でした。

「広いから好《す》きなだけベーゴマができる。今から来る？」

ぼくは戸惑《とまど》ってユウヤの方を見たのですが、視線《しせん》に気づいて振《ふ》り向いた彼《かれ》は『なんだよ、来ないつもりか？』と言わんばかりの表情《ひょうじょう》でした。

「いいよ！　カズマも行こうぜ」

そうしてぼくらはその少年の案内《あんない》で〝秘密《ひみつ》の場所〟に向かうことになりました。

「秘密《ひみつ》の場所って、裏山《うらやま》？」

「そうだよ。おじいちゃんの家のそば」

「おじいちゃんってどんな仕事してんの？」

「山でいろんなものを採《と》っている人」

「ふーん。そうだ、君の名前は聞いてなかったよね」

前を歩いていた少年はユウヤの問いかけに顔をクッと上げて答えました。

「ダイキだったかなぁ」

「はは！　だったかなって、自分の名前だろー」

「はは、ははは―」彼《かれ》はぎこちなく笑《わら》っていました。

青々《あおあお》と生い茂《しげ》った竹林をしばらく歩いて着いたのは山中の開けた場所。そこには雑草《ざっそう》が伸《の》び放題の古びた家があり、そばを緩《ゆる》やかな川が流れていました。

「めっちゃ、いいところじゃん」

「家の裏《うら》にベーゴマの台もある」

ダイキくんが案内《あんない》した先には、古びたタルの上に布《ぬの》が張《は》られたベーゴマ台がありました。喜《よろこ》んで駆《か》けていったユウヤを見ながら、ぼくは彼《かれ》に気になっていることを聞きました。

「あんなのよくあったね」

「おじいちゃんが使っていたやつ」

「へー。おじいちゃんは今いないの?」

「いない。山に仕事に行っているから自由に遊べる」

「そうなんだー。あのさ、気になっていたんだけど、ダイキくんその格好《かっこう》暑くないの?」

「肌《はだ》の病気なんだ。あまり日の光浴《あ》びられない。だから長袖《ながそで》着ている」

「あ、ご、ごめん」

「いいよ。そんなことよりベーゴマしよう」

ダイキくんはベーゴマに詳《くわ》しくて、色々《いろいろ》な技《わざ》をぼくらに教えてくれました。その技《わざ》に特《とく》に盛《も》り上がっていたのがユウヤで、ダイキくんも反応《はんのう》の良《い》いユウヤを特《とく》に気にかけていた記憶《きおく》があります。

でも、一番覚《おぼ》えているのはダイキくんがユウヤの手や肌《はだ》をやたら触《さわ》っていたことです。コマを投げるユウヤの姿勢《しせい》を修正《しゅうせい》しているようなのですが、ぼくにはその動作が何かを確《かく》認《にん》しているように見えて仕方ありませんでした。

「ユウヤくんは筋《すじ》がいい。そうだ、ぼくのベーゴマコレクション見る？　欲《ほ》しければ好《す》きなのを1個《こ》あげる」

ベーゴマの練習を始めて1時間ほどが経《た》った頃《ころ》、ダイキくんがそう言いました。

正直言って、ぼくはもう帰りたくなっていました。

自分をおいてけぼりにして盛《も》り上がるユウヤもさることながら、すっかり薄暗《うすぐら》くなってきたこの竹林も気に入りませんでした。そしてなにより、どうしても会ったときから感じているダイキくんへの不信感《ふしんかん》がいつまで経《た》っても消えなかったのです。

「おーい、カズマも来いよ！」そう言って家に入っていくユウヤ。

錆《さ》びたバケツが散《ち》らばり雑草《ざっそう》も伸《の》び放題。その家は人がいるとは思えませんでした。

「ぼくはここで待っているよ」

家の中の暗がりにユウヤが消えていった後、ダイキくんはこちらを見て少し笑《わら》いました。

ガラガラガラガラッ！　ピシャン！

すりガラスの引き戸が勢《いきお》いよく閉《し》まりました。

今日は帰ったらお父さんとお母さんにこのことを話してみよう。もし『危《あぶ》ないからダイキくんの家に入っちゃダメ』と言われたら、ユウヤにももう行かないようにしないって話してみよう。

「ギャアアアアアアアア!!　嫌《いや》だァァァァ!!　放してよ!!　ウウゥゥ――……」

突然《とつぜん》、家の中からユウヤの叫《さけ》び声がしました。

「おーい、どうかしたのー!?」

「重ィィ……うううぅぅ……重ィィ……お前、誰《だれ》……」

ユウヤが玄関《げんかん》先から出てきました。

「ユ、ユウヤ……ど、どうしたの、急に叫《さけ》ん――」

ズルッ……。

心配して手を置《お》いたユウヤの肩《かた》に違和感《いわかん》がありました。その違和感《いわかん》を確《たし》かめようと、ぼくが彼《かれ》の顔に思わず触《さわ》ると、滑《すべ》るように皮がズレました。

「ギャァァー！　オギャァァー！　ギャァァアアア、ア、ア、アーアー。あ、あ」

赤ん坊《ぼう》のように泣《な》き叫《さけ》び始めたそいつの声は、徐々《じょじょ》にいつものユウヤの声になったのです。

「こんな感じかぁ？」

デロデロにズレたユウヤの皮の下で、老人《ろうじん》のような見た目の生き物が嬉《うれ》しそうに笑《わら》っているのを確《たし》かに見ました。

「きゃはははは!!」

ユウヤの皮を着たそいつは、笑《わら》いながら森の中に走って姿《すがた》を消しました。

そして、開け放たれた家の廊下《ろうか》にはダイキくんの服と、ボロボロに老化《ろうか》したような皮のようなものが脱《ぬ》ぎ捨《す》てられていたのです。

それからユウヤの捜索《そうさく》は何ヶ月も続《つづ》き、ぼくは警察《けいさつ》やユウヤの両親、先生から何度も、何度も当時の状況《じょうきょう》を聞かれました。

ぼくが話したのはユウヤがあの家に入って行くまでです。そこから先を黙《だま》っていたのは、話したってきっと誰《だれ》も信《しん》じてはくれないと思ったからです。

今思うにあれが〝子泣《な》き爺《じじい》〟というやつだったのかもしれません。

たぶんアイツはああやって子どもの皮を取り替《か》え、成《な》り代わり、その皮がダメになると別《べつ》の子どもに近づいて皮を奪《うば》い続《つづ》けてきたのでしょう。

これまでの犠牲者《ぎせいしゃ》はどこに行ってしまったのか、そしてあの子泣《な》き爺《じじい》は一体どこに消えてしまったのか、それは今もわかっていません。

カーテンの子

その日の放課後《ほうかご》、ぼくは忘《わす》れ物をして1人教室に戻《もど》っていた。

オレンジ色と紫色《むらさきいろ》が混《ま》ざったような色の夕日が校舎《こうしゃ》を染《そ》め上げている。生徒《せいと》が少なくなった静《しず》けさと相まって〝美しいのに居心地《いごこち》が悪い〟そんな空気に満《み》ちていた。

ぼくは黒板側《がわ》の扉《とびら》から教室に入り、扉《とびら》のすぐそばだった自分の机《つくえ》のそばでかがむと、引き出しに手を入れて忘《わす》れた電子辞書《じしょ》を手に取った。

〝脚《あし》〟に気がついたのはそのときだった。

体を起こした目線の先に窓際《まどぎわ》でカーテンにくるまっている人影《ひとかげ》があった。

最初《さいしょ》はお調子者の黒木辺《あた》りが友達《ともだち》とふざけているのかと思ったが、黒木たちは先ほど校門そばですれ違《ちが》ったはずだ。

え、じゃあ、誰《だれ》なんだ？　再《ふたた》びじっとカーテンの人影《ひとかげ》を見る。くるまったカーテンにうっすら透《す》けて見えるシルエットは女子のようだった。

パタパタパタパタッ……。

少しだけ開いた窓《まど》から入る春風がカーテンを揺《ゆ》らす。

マジで何してんだ1人で……。というか、この人クラスメイトか？　こんなことをふざけてやる女子なんかいないよな。じゃあ、他のクラス。いや、でも別《べつ》のクラスまで行ってそんなことするか？　そんな思いが頭を一気に駆《か》け巡《めぐ》り、ぼくは動けずにいた。

人影《ひとかげ》もいつまで経《た》っても動かない。

なんだかビビっている自分が急にバカらしくなった。ふざけているんだ。どうせ、カーテンの向こうで笑《わら》いでもこらえているのだろう。ぼくは人影《ひとかげ》に向かって歩いていった。

「……あの、何してんの？」

「…………………」

「うわっ」

机《つくえ》で隠《かく》れていて気がつかなかったがカーテンの下から出ている脚《あし》はどう見ても子《こ》どものものだった。泥《どろ》だらけのピンクの運動靴《うんどうぐつ》を履《は》いたアザだらけの脚《あし》。それにもかかわらず窓《まど》の外の逆光《ぎゃっこう》でぼんやりと浮《う》かび上がる人影《ひとかげ》は中学生のそれだ。そして、まるでカーテンの向こうでこちらに微笑《ほほえ》むように人影《ひとかげ》がクッと首をかしげる。ぼくはカーテンの端《はし》をつかんでサッとめくった。

「まーだだよ」

「え」

背後《はいご》から小さな女の子の声がした。

「う、うわ！」

カーテンの裏《うら》には誰《だれ》もいなかった。

それから数週間して学校は春休みになり、ぼくは小学校時代の友達《ともだち》と久《ひさ》しぶりに会うことになった。電車で30分ほど揺《ゆ》られて着いたのはぼくが小学校のときまで暮《く》らしていた街《まち》。

「おー、久《ひさ》しぶり」

「狩野《かのう》、めっちゃ背伸《せの》びてるじゃん！」

「そんなことないよ」

「いや、伸《の》びてるよな？」

「吉田《よしだ》が成長《せいちょう》してないんじゃないの？」

「おい、悪口はやめろ！」

最寄《もよ》りの駅前で再会《さいかい》した友人の吉田《よしだ》くん、牧《まき》くんの2人はあのときのノリのままだった。駅前のファミレスに入る頃《ころ》にはもう笑《わら》いが絶《た》えない空気が出来上がっていた。

「は～笑《わら》える。あ、そういえばさ、この前幽霊《ゆうれい》を見ちゃった話はしたっけ？」

「え？」

「なんかさ、教室に忘《わす》れ物取りに行ったらさ、教卓《きょうたく》の前の窓際《まどぎわ》にカーテンにくるまっている奴《やつ》がいてさー。上半身は中学生ぐらいなのに、足元は小学生が履《は》いているような運動靴《うんどうぐつ》でさ。何だろうと思ってめくったら──」

「ちょ、ちょっと待って」

「なに？」

「それ、その、え、どういうことこれ……」

話の腰《こし》を折《お》ったおしゃべりな吉田《よしだ》くんが血の気の引いた表情《ひょうじょう》で口ごもっている。

「それさ、めくったらいないって話か？」牧《まき》くんが急に口を挟《はさ》んできた。見ると彼《かれ》も吉田《よしだ》くんほどではないが青ざめた顔をしている。

「そうだけど……どうしたの、２人とも？」

信《しん》じられないことに吉田《よしだ》くんと牧《まき》くんも、カーテンにくるまったあの子を家で学校の音楽室でそれぞれ数週間前に目撃《もくげき》していた。

偶然《ぐうぜん》と呼《よ》ぶにはあまりにも不可思議《ふかしぎ》なできごと。

「あの『まーだだよ』って声さ、あれ、かくれんぼだよな？」

知れば知るほど恐怖《きょうふ》は深まるはずなのに、ぼくらはこの不気味《ぶ》な謎《なぞ》に迫《せま》ろうとした。わからないことが怖《こわ》かったのだ。

「……俺《おれ》さ、家であの足見てからずっと考えていて思い出したことがあるんだ。あの汚《よご》れた運動靴《うんどうぐつ》、小学1年生のときに遊んでいた大塚《おおつか》じゃないかなって……」

小学校時代、よく遊んだメンバーに快活《かいかつ》な性格《せいかく》の大塚《おおつか》さんという女子がいた。彼女《かのじょ》は学校近くの集合住宅《じゅうたく》に住んでおり、家の前には大きな公園があった。たまに皆《みんな》でそこに遊びに行ってかくれんぼをした後、大塚《おおつか》さんの家でお菓子《かし》を食べたりしていたのだ。

「こんなこと言うの嫌《いや》だけどさ。大塚《おおつか》に何かあったんじゃないか？」

「マジかよ……」

あのとき遊んだぼくたちに大塚《おおつか》さんは何を伝《つた》えたかったのだろう。確《たし》かめるためにぼくらは大塚《おおつか》さんが住んでいたあの集合住宅《じゅうたく》を訪《たず》ねることにした。

翌日《よくじつ》の夕方過《す》ぎ、ぼくらは大塚《おおつか》さんの家のあった集合住宅《じゅうたく》までバスに乗って向かっていた。過《す》ぎ去る街並《まちな》みを眺《なが》めていると、大塚《おおつか》さんと遊んでいたときの記憶《きおく》がどんどんとよみがえってくるのを感じる。恥《は》ずかしげもなく一緒《いっしょ》にかけっこをした思い出や、見たアニメの話題で興奮《こうふん》した思い出。

「はぁ……」

正直気は進まなかった。一晩寝《ひとばんね》て、そして今こうしてバスに揺《ゆ》られながら考えると、大《おお》塚《つか》さんに何か不幸《ふこう》があってあの怪奇現象《かいきげんしょう》が起きているだなんてこじつけもいいところだ。でも、こうして大塚《おおつか》さんの家まで来てしまったのは、あのかくれんぼをしたときの空気と大塚《おおつか》さんの笑《わら》い声を妙《みょう》にはっきり思い出してしまったから。気のせいと思うにはあまりにもリアルなこのモヤモヤに対しての答えを出したかったのだろう。

数年ぶりに来た夕暮《ゆうぐ》れ時の公園はあのときのままだったが、そこで遊んでいる子どもたちは全く知らない顔で不思議《ふしぎ》な気持ちがした。恐《おそ》る恐《おそ》る集合住宅《じゅうたく》の管理人《かんりにん》さんに声をかけると、大塚《おおつか》さんは今でもここに住んでいた。小学校時代の知り合いだと伝《つた》えて、家に電話をかけてもらった。

「とりあえず上来てって、お母さんが。６階の６０５号室ね」

ぼくらはエレベーターに乗り、ついに大塚《おおつか》さんの家の前まで来た。

「どうする？」

「どうするもなにも、ここまで来たんだし……」

「でもさぁ」

「怒《おこ》られたら謝《あやま》るしかないし、俺《おれ》たちの予想通りなら、お線香《せんこう》とかあげさせてもらおうぜ」

互《たが》いに顔を見合わせた後、吉田《よしだ》くんが代表してインターホンを押《お》した。

ピーンポーン。

チャイムを押《お》してしばらくすると、ドアの向こうからドタドタとかけてくる足音が聞こえ、心臓《しんぞう》が緊張《きんちょう》でキュッと縮《ちぢ》まるのがわかった。

ガチャ……。

「久《ひさ》しぶり～。わ、みんなでかくなっとる！　どうしたの急に、なんかあった？」

「え？」

迎《むか》えてくれたのは、成長《せいちょう》して中学生になった大塚《おおつか》さんだった。

ぼくらはあっけにとられてしまった。こんなことを言うと失礼《しつれい》かもしれないが、大塚《おおつか》さんが事故《じこ》か何かで亡《な》くなってぼくらの前に現《あらわ》れたのではないかと思っていたからだ。

夢《ゆめ》でも見ているような気持ちになった。ぼくらは一体何を考えていたんだろう。

「狩野《かのう》くん？」

「あの、急にごめん！　実はさ……」

言葉が出ないでいたぼくの代わりに横に立っていた牧《まき》くんがこれまでのいきさつを説明《せつめい》してくれた。

でも、それを聞きながら恥《は》ずかしさとバカらしさが込《こ》み上げて顔が熱《あつ》くなるのを感じていた。現《げん》に生きている大塚《おおつか》さんを前にお化けを見てそれを君だと思っていただなんて、100％引かれる話だ。

「大塚《おおつか》さん、変《へん》な話しちゃって本当にごめん。牧《まき》くん、もういいから帰ろう――」

「……私《わたし》も見た」

「え？」

「やっぱりその話だったんだ。さっき皆《みんな》が来たって聞いて心臓《しんぞう》止まるかと思ったよ。だって、私《わたし》もそのアザだらけの脚《あし》の子見たんだもん。２週間くらい前に……。あれ、小学生のときにかくれんぼしていたら『入れて』って入ってきた近所の子だよね。あのときは探《さが》しても見つからなくて、そのうち5時のチャイムが鳴ったから皆《みんな》でウチに引き上げちゃってさ。私《わたし》心配だからママにそのこと言った記憶《きおく》あるもん」

そうだ、確《たし》かにあのかくれんぼをした日、急に女の子が声をかけてきたのだ。

『入れて』

『いいよ？　皆《みんな》もいいよね？』

『うん』

「でも、どんなにがんばっても私《わたし》あの子の顔思い出せないの」

そう、顔が思い出せない。

逆光《ぎゃっこう》だったのか、記憶《きおく》の中のその子の顔が黒くなっていて全然《ぜんぜん》わからない。

そのときだった。

「まーだだよ」

ドアを開けて喋《しゃべ》っていた大塚《おおつか》さんの背後《はいご》、リビングのカーテンにくるまった人影《ひとかげ》から、昔と全く同じあの女の子の声がした。

17時のチャイムが鳴り響《ひび》きぼくたちは叫《さけ》びながら外の廊下《ろうか》に飛《と》び出した。みんなして尻《しり》餅《もち》をついて廊下《ろうか》の塀《へい》にもたれかかる。

手を離《はな》したドアがゆっくり閉《し》まり、カーテンの人影《ひとかげ》はスーッと見えなくなった。


大人になった今も、ぼくはあの子の顔が思い出せずにいる。

かくれんぼを途中《とちゅう》でやめてしまったあの子。死んでしまった理由はなんなのだろう。なんで、ぼくらの前に現《あらわ》れるのだろう。彼女《かのじょ》にとってあのかくれんぼの時間はそんなにも大切な思い出なのだろうか。

終わらないかくれんぼ。彼女《かのじょ》の楽しい思い出は今でも続《つづ》いている。

時々《ときどき》会社のカーテンの端《はし》にくるまっているのを見かけることがある。人影《ひとかげ》はぼくらと同じように大人になっているが、いまだに足元は汚《よご》れたピンクの運動靴《うんどうぐつ》のままだ。

ドッキリ

「ねぇ、ジュンヤが帰ってくるとき、皆《みんな》でドッキリ仕掛《しか》けようぜ」

あのとき、なんでそんなことを思いついたのか今でもわかりません。

ケイタの家でマサトとテッペイ、そしてぼくの４人でゲームしているときに、そんな悪い考えが突然《とつぜん》頭に浮《う》かんだのです。

「ジュンヤのやつ、今頃《いまごろ》は家族と海外でのんびり過《す》ごしているんだよなぁ」

ぼくとジュンヤは親友と言ってもいい仲《なか》でした。ぼくらは同じ幼稚園《ようちえん》を卒業《そつぎょう》して、同じ小学校に入りました。最初《さいしょ》はいつも２人だけで遊んでいたのですが、好《す》きだったゲームの話題でマサト、テッペイ、ケイタの３人に話しかけられ、いつしか５人で遊ぶようになったのです。

「そう考えたら家にこもってゲームしているのがバカらしくなってきたな……」

「おい、お前ら毎日俺《おれ》の家に来ておいてそれはないだろ！」

「ごめん、ごめん。でも、海外旅行と比《くら》べるとさぁ」

「そんで、ドッキリって何やるつもりなの？」

「えっと、なんだろ……何がいいと思う？」

なんとなくの思いつきが急に現実味《げんじつみ》を帯《お》び、しかも言い出しっぺゆえにリーダーにされていることに気がついて言葉に詰《つ》まってしまいました。

「シュウヘイ、お前無《む》計画で言い出したのかよ」

「今思いついたばかりだから……。あ、心霊《しんれいけい》系のドッキリはどうかな？」

「おー、いいじゃん。なんか夏休みっぽい！」

「昨日《きのう》、動画サイトで心霊系《しんれいけい》のドッキリ見ていたのを思い出してさ」

そうして、ぼくらは3日後にジュンヤに仕掛《しか》けるためのドッキリを練り始めました。

最初《さいしょ》は動画サイトで見つけた海外のドッキリ動画をマネした壮大《そうだい》な内容《ないよう》を計画したぼく

らでしたが、細部を詰《つ》めるうちにそんな小道具どうやって手に入れたら良《い》いのか、動画のように不《ぶ》気味な廃墟《はいきょ》などで仕掛《しか》けないと逆《ぎゃく》に怖《こわ》くなるのでは、といった疑問《ぎもん》が次々《つぎつぎ》と浮《う》かび、結局《けっきょく》は溜《た》まり場になっていたケイタの家で仕掛《しか》けられる内容《ないよう》に落ち着きました。

ぼくらが計画したドッキリはこうです。

まず、『旅行の話を聞きたいから集まろう』と声をかけて、共働《ともばたら》きの両親が出かけている時間のケイタの家にジュンヤを誘《さそ》い出す。次に、『お腹《なか》すいたからコンビニでも行こう』と言って、ぼくとケイタとテッペイが家を離《はな》れる。そして、最後《さいご》に体調不良《ふりょう》で行けないという体《てい》で家に隠《かく》れていたマサトが、事前に録音《ろくおん》してお化けの声に加工《かこう》しておいた音声をスマホで流しながら、1人待っているジュンヤのいる部屋の扉《とびら》を叩《たた》いて驚《おどろ》かす。

「ちょっと地味だけど、こんなもんじゃないか？」

「これ以上《いじょう》やると不自然《ふしぜん》だもんね」

「でもこれ、うまくいけば結構怖《けっこうこわ》いんじゃないか？」

「うん、怖《こわ》いよ。俺《おれ》がやられる側《がわ》だったらビビると思うわ」

準備万端《じゅんびばんたん》。いよいよぼくらはドッキリ当日を迎《むか》えました。

「なんか、めっちゃ久《ひさ》しぶりな感じするね！」

「1週間くらい会わなかっただけじゃん！　はい、これお土産《みやげ》」

「ありがとう！　それで、何これ？」

「なんかナッツを揚《あ》げた甘《あま》いお菓子《かし》。うまいよ！」

「へー、すげー。海外のお土産《みやげ》って感じする」

「つーか、日焼《ひや》けしたよなー、お前」

「そうかなぁ」

海外旅行から帰ってきたジュンヤはいつにも増《ま》して明るく元気でした。

その笑顔《えがお》を見て、ぼくらは欠《か》けていた友達《ともだち》が戻《もど》ってきた喜《よろこ》びを感じると同時に、この後のドッキリでそれがビビり顔に変《か》わるんだぞ、という意地悪な喜《よろこ》びも感じていました。

「でさー、お姉ちゃんが波乗りやるってテンション上がって挑戦《ちょうせん》したんだけど、めちゃくちゃ下手で転びまくるんだよ。それで、なんか鼻に塩水《しおみず》入ったみたいで超《ちょう》ゲホゲホ言っていてめっちゃ笑《わら》ったんだよ！」

「あはは！　あの厳《きび》しいお姉ちゃんがそんなになっている姿《すがた》は想像《そうぞう》できないね！」

「動画撮《と》っておけばよかったー。でも、見せたのがバレたら皆《みんな》ボコボコにされるぞ」

「なんで俺《おれ》たちまでボコボコにされなくちゃならないんだよ！　あー、おかしい。お、飲みものもう無《な》いな。買ってくる？」

「そうだな。お菓子《かし》もなくなったし」、ジュンヤの旅行話で盛《も》り上がるなか、ぼくは計画通りに皆《みんな》を部屋の外に連《つ》れ出す流れを作りました。

「お、いいね。俺《おれ》も行くよ」

「いいよ、ジュンヤは待っていなよ。せっかく今日の主役なんだし。何飲む？」

「じゃあ、炭酸《たんさん》のやつ。あと、ポテチも欲《ほ》しい」

「オッケー」

そうして部屋を抜《ぬ》け出したぼくらは、隠《かく》れているマサトにスマホで合図を送ったのです。

「くくく、いよいよだね！」

「録画《ろくが》もバッチリ開始してるぜ！」

1階に降《お》りる階段《かいだん》の途中《とちゅう》で身を隠《かく》したぼくらは、トイレに隠《かく》れていたマサトがこっそりと廊下《ろうか》に出てくるのを撮《と》りながら、こみ上げてくる笑《わら》いをこらえていました。

コンコン……。

「ん？　もう戻《もど》ったの？　開いてるよ～」

ドンドンドンッ！　ドンドンドンッ！　ドンドンドンッ！　ドンドンドンッ！

「うわっ！　なになに！」

『ねぇ、一緒《いっしょ》に行こうよ～』

『え～、怖《こわ》いよ～』

扉《とびら》を叩《たた》いてジュンヤを驚《おどろ》かせているマサトを見ていると、ふと何かがよみがえってくる感じがしました。なにか、忘《わす》れている記憶《きおく》があるような、そんなぼんやりとした感覚《かんかく》。

『入れてくださいよぉ～……入れてくださいよぉ～……』

マサトが録音《ろくおん》していた幽霊《ゆうれい》の音声を流す。それを聞いたジュンヤの反応《はんのう》は期待していたようなものでは全くありませんでした。

「う、うわぁあああああああああ!!」

まるで誰《だれ》かに襲《おそ》われているかのような本気の叫《さけ》び声を上げだしたのです。

「お、おい、ジュンヤ、俺《おれ》だよ、マサト。そ、そんなに叫《さけ》ばなくても……」

流石《さすが》に心配になって階段《かいだん》から飛《と》び出したぼくの姿《すがた》を見るや、ジュンヤは涙《なみだ》を流しながら部屋を飛《と》び出し、激怒《げきど》してぼくにつかみかかりました。

「お前っ！　ふざけんなよ、シュウヘイ！」

「おいおい、悪かったって！　喧嘩《けんか》すんなよ」

「うるさい！　お前らは知らないんだよ！　シュウヘイ、なんでこんなことしたんだよ！」

『なんでこんなことしたの!?』

その瞬間《しゅんかん》、ぼくは全てを思い出しました。

幼稚園《ようちえん》の年長組だった頃《ころ》。ぼくはシュウヘイを誘《さそ》って噂《うわさ》されていた都市伝説《としでんせつ》を確《たし》かめに近所の公園に行ったのです。

『あそこの公園さ、トイレの個室《こしつ》に誰《だれ》かに襲《おそ》われ死んじゃったお化け出るんだって！　ねえ、一緒《いっしょ》に行こうよ〜』

『え〜、怖《こわ》いよ〜』

嫌《いや》がるシュウヘイを連《つ》れて入ったトイレの個室《こしつ》の中。扉《とびら》を閉《し》めてからどれだけ経《た》った頃《ころ》だったでしょうか。

突然《とつぜん》、外から扉《とびら》を猛烈《もうれつ》な勢《いきお》いで叩《たた》く音が聞こえたのです。

ドンドンドンッ！　ドンドンドンッ！　ドンドンドンッ！　ドンドンドンッ！

『入れてくださいよぉ〜……入れてくださいよぉ〜……』

扉《とびら》の向こうから、歪《ゆが》んだ男の人の声がしました。

お互《たが》いに抱《だ》きついて震《ふる》えていたぼくらは、声と気配がなくなったのを見計らってソッと外に出ました。辺《あた》りはすっかり夕暮《ゆうぐ》れ時になっており、シュウヘイは『もう帰ろう……』とぼくの手を引きました。

けれど、ふと視線《しせん》を感じてぼくは後ろを振《ふ》り返ったのです。

血まみれの男が、さっきまでぼくらがいた個室《こしつ》からにゅ〜〜……っと顔を出し、こちらを見ていたのです。

「忘《わす》れたのかよ、お前！　あのときだって俺《おれ》は嫌《いや》だったんだぞ！　なのに、お前は――」

「思い出した……。なんで全部忘《わす》れていたんだろう。ごめん、本当にごめん……」

「………」

ぼくの服をつかんでいたシュウヘイの手が力なく落ちたそのときでした。

ドンドンドンドンッ！　ドンドンドンドンッ！　ドンドンドンドンッ！　ドンドンドンドンッ！

シュウヘイが飛《と》び出したときに勢《いきお》いよく閉《し》まったはずのケイタの部屋のドアを何者かが叩《たた》いたのです。

ガチャ……。

そしてひとりでに扉《とびら》が開くと、部屋の角から血まみれの男の人の顔がにゅ〜〜……っと顔を出し、こちらを見ていました。

「うわぁぁぁぁぁぁあああああ!!」

絶叫《ぜっきょう》したぼくらは慌《あわ》てて家の外に飛《と》び出しました。

「なんだよ、今の！」

「あのときの幽霊《ゆうれい》だ……」

「あのときってなんだよ!?」

「きっと、きっと、あのときふざけて肝試《きもだめ》しに行った俺《おれ》たちを怒《おこ》ってやってきたんだよ……シュウヘイ」

青ざめてそう言ったジュンヤの言葉を聞きながら、心の中で夕暮《ゆうぐ》れに染《そ》まる公園のトイレで見た男の顔と、今２階で見た男の顔が重なりました。

『入れてくださいよぉ～……』

幽霊《ゆうれい》は死んだ瞬間《しゅんかん》を繰《く》り返すと言います。もしかしたら、あいつはただ目が合ったぼくらのそばで死んだ瞬間《しゅんかん》を繰《く》り返しているだけなのかもしれません。

もしそうなら、ぼくらはこれからあと何回その瞬間《しゅんかん》に付《つ》き合わされるのでしょう……。

ギガ母さん

これは、ヤスコさんから聞いた今でも忘《わす》れられない話です。

ヤスコさんというのはおばあちゃんの大学時代からのお友達《ともだち》で、いつも家《うち》を訪《たず》ねてはおばあちゃんや私《わたし》とお茶をしていた優《やさ》しい性格《せいかく》の人でした。

そんなヤスコさんが私《わたし》を叱《しか》ったことがありました。それは、私《わたし》が切れていたお茶菓子《ちゃがし》の買い出しをおばあちゃんに頼《たの》まれたときのこと。いつもは素直《すなお》に買いに行っていた私《わたし》ですが、そのときはなんとなく面倒《めんどう》に思えてしまい、つい6歳《さい》になる妹に「代わりに行ってきてよ」と頼《たの》んでしまったのです。この言葉にヤスコさんは反応《はんのう》しました。

「小さな妹を1人で行かせるなんて。何かあってからじゃ遅《おそ》いんですよ！」

確《たし》かに小さな妹に頼《たの》んだのは悪かったかもしれません。でも、なにもそんなに強く言わなくてもいいじゃないか、とそのときは思いました。私《わたし》がスーパーから帰ってくると、ヤスコさんはいつもの優《やさ》しい顔に戻《もど》っていて、すまなそうにこう言ったのです。

「さっきは怒《おこ》っちゃってごめんね。実はね、わたしトモちゃんと同い年の頃《ころ》にした恐《おそ》ろしい体験《たいけん》がきっかけで妹を亡《な》くしているの。さっきはそれを思い出しちゃったのよ……」

ヤスコさんが語ってくれた思い出は小学生のときのことだそうです。

当時小学5年生だったヤスコさんにはメグミちゃんという6歳《さい》の妹がいました。

メグミちゃんは絵を描《か》くのが好《す》きで、いつも外で見た光景《こうけい》やテレビの内容《ないよう》、読んだマンガのキャラクターなどをクレヨンで描《か》くのが日課《にっか》でした。

彼女《かのじょ》は話しかけても聞いているのか聞いていないのかわからない、そんなどこかフワフワした受け答えばかりする子で、よく周《まわ》りに笑《わら》われていました。けれど、それが自分のことだと気付《きづ》かずにいつも一緒《いっしょ》になって笑《わら》っていたそうです。

ヤスコさんのお母さんは、メグミちゃんが何か病気なのではと過剰《かじょう》に心配して、病院を連《つ》れ回したそうですが、『そういう性格《せいかく》の子です』と帰されるばかりだったのだとか。

病院でそう言われてもお母さんの心配性《しんぱいしょう》は収《おさ》まりませんでした。事あるごとに忘《わす》れ物をチェックさせていただけでなく、姉であるヤスコさんにも『お姉ちゃんなんだからメグミのことしっかり見守ってあげなさい』と、毎回のように小言を言っていたそうです。

そんなある日、ヤスコさんが学校から帰ってきて居間《いま》でおせんべいをかじっていると、夕飯《ゆうはん》を準備《じゅんび》していたお母さんがため息をついてからこう言ってきました。

「ねぇ、ヤスコ。明日、学校の帰りにメグミがどこに行っているか調べてくれない？」

てっきりまた小言だと思っていたヤスコさんは、お母さんの意外な頼《たの》み事に驚《おどろ》きました。話を聞くと、ここ最近《さいきん》帰りが遅《おそ》いメグミちゃんを心配したお母さんが学校帰りにどこに行っているのかを聞いたのだそうです。

「リボンちゃんのお家《うち》に遊びに行っている」

「リボンちゃんって学校のお友達《ともだち》？　なら、あいさつしに行かないといけないじゃない」

「違《ちが》うよ、リボンちゃんは学校にはいないよ」

「じゃあ、どこの子なの？」

「リボンちゃん家《ち》の子だよ」

相変《あいか》わらずメグミちゃんの言葉はフワフワしたもので、お母さんは困《こま》ってしまったそうです。それでもめげずに何度も質問《しつもん》をしていると、あることがわかりました。

リボンちゃんの家には〝リボンちゃん〟、〝リボンちゃんのお母さん〟、〝リボンちゃんのお母さんのお母さん〟が暮《く》らしているというのです。

「へー、お父さんがいないんだ」

「そう、多分複雑《ふくざつ》なご事情《じじょう》のお家《うち》なのよ。色々大変《いろいろたいへん》だろうにメグミったら勝手に上がり込《こ》んじゃって……。それでね、そのリボンちゃんの一家なんだけど学校に聞いても『うちにはいませんね』って言うのよ。だから、どこの家の子かあんたに探《さが》してほしくって」

「まあ……いいけど」

ヤスコさんがそっけなく返したのには理由がありました。

というのも、実は当時ヤスコさんとメグミちゃんがハマっていたテレビアニメの主人公の名前が〝リボンちゃん〟だったからです。

おそらくアニメ見て影響《えいきょう》を受けたメグミちゃんが、その子の家に行った想像《そうぞう》でもして公園で1人遊んでいるのだろう、ヤスコさんはそう考えたのです。とはいえ、妹が本当に何かのトラブルに巻《ま》き込《こ》まれていたら大変《たいへん》です。

翌日《よくじつ》の放課《ほうか》後、ヤスコさんは妹の様子を見守ることにしました。

「メグミちゃん、公園に行かない？」

「ううん、いい。リボンちゃんのところに行くから」

1年生の教室のそばでメグミちゃんが帰るのを待っていたヤスコさん。同級生にもリボンちゃんの話をしていることに呆《あき》れつつ、バレない距離《きょり》を保《たも》ちながらメグミちゃんのあとを追いました。

テクテクテクテク。

てっきり友達《ともだち》と公園でリボンちゃんごっこでもしているのかと思っていましたが、どうやらそうではない様子。駄菓子屋《だがしや》や本屋といった誘惑《ゆうわく》に目もくれず、メグミちゃんはどこかに向かって突《つ》き進んでいきました。

「本当に誰《だれ》かの家に遊びに行っているのかな」

なんて考えていると、商店街《しょうてんがい》を抜《ぬ》けて人気のない路地をしばらく進んだ辺《あた》りで、メグミちゃんはある建物《たてもの》に入っていきました。

「えっ？」

それは、どう見ても廃墟《はいきょ》としか思えない2階《かい》建《だ》ての木造《もくぞう》の家でした。

庭には背《せ》の高い雑草《ざっそう》が生い茂《しげ》り、居間《いま》があると思われるガラスの引き戸はホコリで曇《くも》っていました。玄関扉《げんかんとびら》はなく代わりにトタンで塞《ふさ》がれていましたが、一部がめくれて入れるようになっていて、ヤスコさんは不穏《ふおん》な気配を感じたそうです。

メグミちゃんは、そんな不気味《ぶきみ》な家にヒョコヒョコ背《せ》をかがめて入ってしまったのです。

「こんなところで一体何してんのよ……」

ヤスコさんは心の中にこみ上げてくる不安《ふあん》に追い立てられるように、妹のあとを追ってその家に入りました。

ギシッ……ギシッ……ギシッ……。

外はまだ夕方で明るかったとはいえ、家の中はどんよりと薄暗《うすぐら》かったそうです。

ホコリだらけの廊下《ろうか》の先で、メグミちゃんはポツンと立っていました。

近づいたヤスコさんはメグミちゃんの左腕《ひだりうで》を後ろからガッとつかみました。

「メグミ！　あんたなにしてんの！」

普通《ふつう》、いきなり後ろからつかまれたら驚《おどろ》くはずです。でも、メグミちゃんは全く動じず、ゆっくりとヤスコさんの方を振《ふ》り返るや、空いている右手で横をピッと指差《ゆびさ》しました。

「なに？　早く出るよこんなと――」

ヤスコさんは廊下《ろうか》の横、開け放たれていたドアの向こうにある居間《いま》を見ました。

ホコリの積《つ》もったテーブルの奥《おく》に、メグミちゃんと同じくらいの背格好《せかっこう》の女の子、そして彼女《かのじょ》のお母さんと思われる大人の女性《じょせい》が、笑《わら》ったような顔で座《すわ》っていました。

「ひっ……」

〝笑《わら》ったような〟と言ったのは、はっきりと見える距離《きょり》なのにもかかわらず、その表情《ひょうじょう》がぼんやりとしていてわからなかったからです。

その顔は、まるで手ブレしてぼやけた写真のようになっていたのだそうです。

「リボンちゃんと、リボンちゃんのお母さんだよ」

ヤスコさんは手足がスゥーッと冷《つめ》たくなり、体が重くなるのを感じました。目の錯覚《さっかく》と思って何度も瞬《まばた》きしましたが、顔のぼやけたリボンちゃんとそのお母さんは座《すわ》ったままそこで笑《わら》っていました。

我《われ》に返ったヤスコさんはメグミちゃんの手を握《にぎ》り直すと、玄関《げんかん》の方に引っ張《ぱ》りました。しかし、その手はまるで大人のように重く動かなかったそうです。

「お母さんのお母さんだ」

ズシッ……ギギッ……。

メグミちゃんがそう言った直後、背後《はいご》から何か大きな物が動く音が近づいてきました。

ヤスコさんは思わず振《ふ》り返ってしまったそうです。

巨大《きょだい》な女が廊下《ろうか》の曲がり角から背《せ》をかがめて、こちらに向かって来ていました。

その顔は居間《いま》に座《すわ》っていた2人と全く同じで、ぼやけた笑顔《えがお》だったそうです。

「う、うわぁぁぁぁ――!!」

あれは一体なに？　確《たし》かに人間の姿《すがた》をしているけど、明らかに人間ではあり得《え》ないサイズ。背《せ》が高い人とかそういう話ではない違和感《いわかん》がしたそうです。

ヤスコさんが怖《こわ》かったのは、彼女《かのじょ》らの張《は》り付《つ》いた笑顔《えがお》でした。

こちらに好意《こうい》を向けている笑顔《えがお》ではない。むしろ、相手を罠《わな》にはめようとしている人が、自分は悪くないと相手を油断《ゆだん》させようとして作る笑顔《えがお》、そんな嫌《いや》な感じがしたのです。

メグミを奪《うば》おうとしている。無防備《むぼうび》な妹を一体どれほどの間こんなやつらと一緒《いっしょ》に過《す》ごさせてしまったのか……。ヤスコさんは恐怖《きょうふ》に打ちのめされると同時に、姉としての自分の不甲斐《ふがい》なさが急に悔《くや》しくて涙《なみだ》と怒《いか》りがあふれてきたそうです。

ガシッ！

メグミちゃんを勢《いきお》いよく抱《だ》きかかえると、そのまま家から飛《と》び出し、あふれる涙《なみだ》も無視《むし》してめちゃくちゃに走って家まで帰ったそうです。

家まで必死《ひっし》に帰ったヤスコさんたちの様子を見て、お母さんは「何があったの!?」と驚《おどろ》いたそうですが、ヤスコさんが必死《ひっし》になってあそこで見たモノを説明《せつめい》しても、お母さんは「バカなこと言って誤魔化《ごまか》すんじゃありません！」と信《しん》じてくれませんでした。

そんなヤスコさんたちをよそに、メグミちゃんはボーッと夢《ゆめ》でも見ているような様子。まあ、いいか……。とりあえずなんとかメグミは取り戻《もど》せたんだ、よかった……。

緊張《きんちょう》が急にほどけ、気が抜《ぬ》けたように居間《いま》のイスにドサッと座《すわ》ると、ヤスコさんは床《ゆか》に投げ出されていたメグミちゃんのランドセル、そこからはみ出していた1枚《まい》の画用紙に気づきました。

絵には全く同じ笑顔《えがお》をした小さい人と中くらいの人と大きい人、そしてその隣《となり》にグチャグチャに塗《ぬ》りつぶされた黒い影《かげ》がクレヨンで描《か》かれていたそうです。

それから数日後にメグミちゃんは事故《じこ》で亡《な》くなってしまいました。

「助けたと思ったけど、あの時点でもう手遅《ておく》れだったのかも。私《わたし》ねぇ、あの家にはあの巨《きょ》大《だい》な女の他にまだ〝何か〟がいたと思うのよねぇ。きっとそれが私《わたし》から妹を奪《うば》ったのよ」

お茶をすすったヤスコさんの表情《ひょうじょう》はとても寂《さび》しげでした。

ドライブレコーダー：0615

その日は朝からずっと小雨でした。

もうすぐ年も変《か》わるという大晦日《おおみそか》間近の寒さは、２階の窓辺《まどべ》からずっと外を見ている私《わたし》の体をしんしんと冷《ひ》やし続《つづ》けていました。

トントン。

「入るぞ～」

カチャリとドアを開けてパパが部屋に入ってきました。

「お昼ご飯《はん》できたってママが言っているよ。かぼちゃのほうとうだって。サナが好《す》きなやつだよ」

「……うん、今降《お》りる」

「いくら窓《まど》の外を見ていても、お兄ちゃんが早く帰ってくるわけじゃないんだからさ」

「わかってるよ」

私《わたし》には12歳《さい》も歳《とし》の離《はな》れたお兄ちゃんがいました。

小さい頃《ころ》からすごく可愛《かわい》がってくれたこともあって、私《わたし》はお兄ちゃんのことが大好《す》きでした。今思うと少し甘《あま》えすぎなくらいお兄ちゃんに張《は》り付《つ》いて過《す》ごしていたのですが、歳《とし》が離《はな》れていることもあって、そういう日々《ひび》はあまり長く続《つづ》きませんでした。

お兄ちゃんは社会人になると同時に一人暮《ひとりぐ》らしで都会に行ってしまい、会えなくなってしまったからです。当時小学4年生だった私《わたし》は大泣《な》きしてお兄ちゃんの一人暮《ひとりぐ》らしに抵抗《ていこう》しましたが、結局《けっきょく》小学生がいくら騒《さわ》いだところで止められるわけもなく、お兄ちゃんは日《にち》常《じょう》から消え、1年に一度こうしてお正月前に都会から帰ってくるようになったのです。

「サナ、お兄ちゃん何時に着くって?」

「最初《さいしょ》は夕方には着くって言っていたよ」

「じゃあ、もう少しね」

「どうかなぁ、さっきからメッセージ送っているけど返事ないんだよね」

「渋滞《じゅうたい》にでもハマってんじゃないか。まあ、夜には着くだろ」

かぼちゃほうとうをすすりながらそう言ったパパの予想は当たって、お兄ちゃんは夜の19時半すぎに家に帰ってきました。

コツコツと窓《まど》を叩《たた》く雨粒《つぶ》がお兄ちゃんの車のライトで照《て》らされると、私《わたし》の心もパッと明るくなりました。

私《わたし》はすぐに下に降《お》りようとしたのですが、家の前の駐車場《ちゅうしゃじょう》でライトを点《つ》けたまま立ち尽《つ》くしているお兄ちゃんに違和感《いわかん》を覚《おぼ》えたのです。お兄ちゃんは傘《かさ》もささずにライトの前でかがんで何かを確認《かくにん》しているようでした。

「なにしてんだろ……」

しかし、すぐに立ち上がるとエンジンを切って家に入ってきました。

「おかえりー。遅《おそ》かったわねぇ。あら、そんな濡《ぬ》れちゃって」

「うん……ごめん遅《おそ》くなって、これお土産《みやげ》。サナ、元気にしていたか?」

「元気だよねぇ〜、ずっと窓《まど》に張《は》り付《つ》いていたんだから〜」

「ちょっと、ママ！」

「とりあえず風呂《ふろ》でも入ってきな」

玄関先《げんかんさき》でお土産《みやげ》のお菓子《かし》を手渡《てわた》してくれたお兄ちゃんはとても疲《つか》れていて、なんというか血の気が引いているような表情《ひょうじょう》でした。

都会の仕事が忙《いそが》しいとは聞いていたけど、1年前と比《くら》べてこんなに疲《つか》れてしまうなんて。

「大丈夫《だいじょうぶ》、お兄ちゃん？」

「ん？　ああ、大丈夫《だいじょうぶ》だよ。渋滞《じゅうたい》がひどくてさ」

お風呂《ふろ》から出てきたお兄ちゃんは、先ほどよりは少し血色が良《よ》くなっていて、少し安心したのを覚《おぼ》えています。

晩《ばん》ご飯《はん》に水炊《みずた》きを食べながら、この1年の思い出をそれぞれ語り出しました。デザートにお兄ちゃんがお土産《みやげ》で持ってきたおしゃれなゼリーを食べ終わると、私《わたし》はリビングの床《ゆか》に寝転《ねころ》がりながらテレビ番組を見ていました。

ああ、そうだ……この感じだ。お兄ちゃんがいることで完成《かんせい》するこの家族の時間が好《す》きだったんだ、私《わたし》はそう心から思いました。

「あの、父さんさ……」

「ん、どうした?」

お兄ちゃんが食卓《しょくたく》の向かいに座《すわ》っていたパパに話しかける声が聞こえました。

「俺《おれ》、来る途中《とちゅう》でさ、なんか轢《ひ》いたかもしれない」

その一言で家中に恐怖《きょうふ》と緊張《きんちょう》が走ったのは今でも忘《わす》れられません。

今日の夜、お兄ちゃんは慌《あわ》てて車を走らせていました。前日まで残業続《ざんぎょうつづ》きだったこともあって朝に起きられず、寝坊《ねぼう》した分を取り戻《もど》そうと急いでいたのです。

ですが、運悪く高速道路は渋滞《じゅうたい》していて、このままでは夜中になってしまうと思ったお兄ちゃんは、家から数十キロ手前で高速道路を降《お》りて山道が続《つづ》く旧道《きゅうどう》に行ったのだとか。

幸いにも旧道《きゅうどう》は空いており、渋滞《じゅうたい》の中をノロノロ進むよりはるかにスムーズに走れたそうです。そうして進んでいるうちに辺《あた》りはだんだんと暗くなり、気づけば周囲《しゅうい》に人の気配はほとんど無《な》くなっていたそうです。

一定のリズムで走り続《つづ》けるタイヤの音。パチパチパチパチとフロントガラスに打ちつける雨の音。不気味《ぶ》さを感じたお兄ちゃんはラジオを点《つ》けました。音楽とパーソナリティーの人たちの笑《わら》い声が聞こえ出すと、背中《せなか》に忍《しの》び寄《よ》っていた恐怖《きょうふ》が和らいだと言います。

「そこでさ、突然《とつぜん》目の前に黒い影《かげ》が飛《と》び出してきてボン！　って大きな音と衝撃《しょうげき》がしたから慌《あわ》てて車止めたんだよ。でも、外に出るとなんもいなくてさ、車にも凹《へこ》みがなくて、下見ても何もいなくて……。だから、気のせいだとは思うんだけど」

「……びっくりしたなぁもう。人でも轢《ひ》いちゃったのかと思ったわ。そら動物だよ」

「警察《けいさつ》には電話したの？」

「したけど轢《ひ》いた動物は見つからないし、凹《へこ》みもないから『気のせいですよ』って」

「じゃあ、全然大丈夫《ぜんぜんだいじょうぶ》じゃない！　あんたそんなのでずっと落ち込《こ》んでいたの？」

「まあ、そうだけど……」

ママのツッコミのおかげで和やかな空気が戻《もど》り、落ち込《こ》んでいたお兄ちゃんの表情《ひょうじょう》にも笑顔《えがお》が戻《もど》りました。

でも、本当の恐怖《きょうふ》はここからでした。

その日の夜中、目が覚《さ》めてしまった私《わたし》がトイレで1階に降《お》りると、リビングから明かりが漏《も》れているのに気がつきました。そっとのぞき込《こ》むと、ソファテーブルのスタンドライトだけが点《つ》いており、そこでお兄ちゃんがノートパソコンを開いていたのです。

「こんな夜中に仕事してるの～？」私《わたし》はからかいながらお兄ちゃんの隣《となり》に座《すわ》りました。

「仕事じゃないよ。ちょっとドライブレコーダーを確認《かくにん》していたんだよ」

ドライブレコーダーというのは、車に取り付《つ》けることができるカメラのことで、万が一事故《じこ》が起こったときなどのために、証拠映像《しょうこえいぞう》を記録《きろく》しておけるもののことです。

『もうやめて寝《ね》ようよ』

なぜ、私《わたし》は心で思ったことを言わなかったのでしょう。

お兄ちゃんが再生《さいせい》したその映像《えいぞう》は恐《おそ》ろしいものでした。

ミュート状態《じょうたい》で無音《むおん》でしたが、それでも360度が録画《ろくが》され、タッチパネルを動かすことでグルグルと周囲《しゅうい》を見渡《みわた》せるその映像《えいぞう》は、まるでその場に自分がいたかのように錯覚《さっかく》する臨場感《りんじょうかん》のあるものでした。

暗い夜道をビッと照《て》らすお兄ちゃんの車のライト。それ以外《いがい》の明かりはポッン、ポッンと立っている街灯《がいとう》のみ。確《たし》かにさっきお兄ちゃんが話した通り、不《ぶ》気味な気持ちになってもおかしくはない雰囲気《ふんいき》でした。

映像《えいぞう》の中のお兄ちゃんもそう思ったのか、聞いていた通りラジオを点《つ》けました。

「この後だ……。ラジオを点《つ》けた後くらいで、確《たし》か俺《おれ》は何かを……えっ？」

「なに、これ……」

道路の先、ライトに照《て》らされて浮《う》かび上がったのは路肩《ろかた》に停《と》まっていた事故車《じこしゃ》と、その前でこちらに手を振《ふ》りながらよろよろと近寄《ちかよ》ってくるおじさんの姿《すがた》でした。

「お、お兄ちゃん……」

「いや、ち、違《ちが》う！　こ、こんな車見ていない……それに俺《おれ》は、人なんか――」

おじさんが道路に飛《と》び出し、ライトがそのぼーっとした表情《ひょうじょう》を浮《う》かび上がらせました。

「キャアッ!」

ぶつかる!　そう思った瞬間《しゅんかん》に私《わたし》は思わず目をつぶってしまいました。

シーンとした静《しず》けさがリビングに漂《ただよ》い、私《わたし》はそっと目を開けるとお兄ちゃんは呆然《ぼうぜん》としながら、ノートパソコンの画面を指差《ゆびさ》していました。

「これ……」

映《うつ》っていたのはお兄ちゃんが一時停止《ていし》したあとにアングルを後ろに向けた映像《えいぞう》でした。

後部座席《ざせき》の真後ろ、車のすぐ背後《はいご》で血まみれのおじさんが口をバカッと開けてこちらを指差《ゆびさ》し、何かを喋《しゃべ》っているようでした。

「なんで、車の真後ろにいるんだ……車を通り抜《ぬ》けでもしなければ、こんな……」

青ざめた顔でこちらを向いたお兄ちゃんの表情《ひょうじょう》を見て、私《わたし》は耐《た》えられなくなって立ち上がろうとしました。

「お、おい、ちょっと待って!」

そのとき、机《つくえ》に手をついて立ち上がろうとしたお兄ちゃんが、ノートパソコンのキーボードを押《お》してしまったのです。

『ザザザザ…………雨平《あめだいら》　457　お　793－35。白の乗用車。運転手は20代の男。ザザ……雨平《あめだいら》　457　お　793－35。白の乗用車。運転手は20代の男ザザザザ……

……』

聞こえてきたのは、車内のノイズだらけになったラジオに割《わ》り込《こ》むように、苦しみと怒《いか》りに満《み》ちた声でお兄ちゃんの車のナンバーと特徴《とくちょう》を言い続《つづ》けるおじさんの声でした。

翌日《よくじつ》、お兄ちゃんがネットで調べると、かってその場所で車が故障《こしょう》して助けを呼《よ》んだ男《だん》性《せい》が、夜中に車に撥《は》ねられてしまったという事故《じこ》の記事が見つかりました。

なんでお兄ちゃんのことを犯人《はんにん》と誤解《ごかい》したのかはわかりません。

お兄ちゃんは神社にお祓《はら》いに行き、この映像《えいぞう》も消しました。

けれど、何度やってもパソコンにはこの瞬間《しゅんかん》を収《おさ》めた動画ファイルがよみがえり続《つづ》け、結局《けっきょく》お兄ちゃんはパソコンと車を処分《しょぶん》し、二度と運転することはありませんでした。

山の掟《おきて》

俺《おれ》が中学生のときに暮《く》らしていたのは、都心部から少し離《はな》れた山間部だった。

そんな場所だと毎日が退屈《たいくつ》と思う人もいるかもしれないが、実際《じっさい》はそうでもない。というのも、俺《おれ》が暮《く》らしていた山間部は隠《かく》れファンも多い日帰りの登山スポットで、しかも俺《おれ》の家《うち》はそんな山々《やまやま》に登る人たちが立ち寄《よ》る麓《ふもと》のうどん屋だったからだ。

うどん屋と言っても実際《じっさい》はうどん屋と喫茶店《きっさてん》が合体したような店で、店内の一角の喫茶《きっさ》スペースでコーヒーだけ飲んでいる常連客《じょうれんきゃく》も結構《けっこう》多かった。俺《おれ》もお店の手伝《てつだ》いを小さい頃《ころ》からしていたので、お客さんからいろんな話を聞けて退屈《たいくつ》しなかったというワケだ。

そんな日々《ひび》のなかで、ひとつ絶対《ぜったい》に忘《わす》れられない不《ぶ》気味な思い出がある。

この思い出の中心人物は俺《おれ》が親しみを込《こ》めて〝おっちゃん〟と呼《よ》んでいた人だ。

おっちゃんは俺《おれ》が生まれるより前からこの山の近くに住み、何十年と山に登り続《つづ》けているベテランの登山家で、うどん屋には俺《おれ》が物心つく前から通いつめていた。実際《じっさい》、喫茶《きっさ》スペースの端《はし》っこはほぼおっちゃん専用《せんよう》の場所になっていたくらいだ。

おっちゃんはいつも年季《ねんき》の入った登山服を着ていた。軽装《けいそう》ではあるけどそれは山登りに必要《ひつよう》なものだけをそろえていたからで、その洗練《せんれん》された雰囲気《ふんいき》と気さくな性格《せいかく》のおかげか、登山客にアドバイスを求《もと》められたりすることも多い名物おじさんだった。

そんなおっちゃんだが、年に数回だけいつもの登山服ではなく、ちょっとその辺《へん》にでも出歩くような、Tシャツに短パンというラフな姿《すがた》で店に現《あらわ》れることがあった。

そして、そんな格好《かっこう》のときは必《かなら》ず〝とある不思議《ふしぎ》な助言〟を繰《く》り返していたのだ。

「あんたたち、このあとあの山登るつもり？」

「はい、そうですけど？」

「俺《おれ》、この辺《へん》住んでんだけどさ、この時期はスズメバチが本当に多いんだよ。何回か駆除《くじょ》してんだけどダメでよぉ。昨日《きのう》辺《あた》り登ったら俺《おれ》も追いかけられちゃって……。悪いことは言わないから今日は隣《となり》の山にしたほうがいいかもなぁ」

こんな風に店にやって来るお客に向かって忠告《ちゅうこく》して回っていたのだ。その理由はスズメバチだったりヘビだったりと毎回バラバラだが、必《かなら》ず〝うどん屋が麓《ふもと》にあるこの山はやめな〟という内容《ないよう》なのは共通《きょうつう》しており、1日のうち数時間そう警告《けいこく》して回るのだ。

俺《おれ》はいつもその理由を聞こうとしていたが、店の手伝《てつだ》いをしていないときだったり、店に出ていてもお客さんが多かったりとチャンスがなかった。けれど、あの日はお客がおっちゃんだけだったこともあり、ついにその理由を尋《たず》ねることができた。

「おっちゃんさ、なんでその格好《かっこう》のときだけお客さんに山登るなって言っているの?」

「……なんだ、気づいていたか。おっちゃんのことよく見てるなぁ。あれなぁ、うまく言葉で言いづらいんだが、朝起きたときにわかるんだよ。『あ、今日はあの時間帯《じかんたい》は山登っちゃいけねぇなぁ』って。人には機嫌《きげん》の良《い》い日と悪い日ってあるだろ。山もおんなじで、機嫌《きげん》の良《い》い日と悪い日があるんだよ」

ずっと気になっていたからこそ、そのふわっとした答えに納得《なっとく》がいかなかった。

それから数ヶ月が経《た》ったある土曜日。午前中に学校が終わった俺《おれ》は、やることもないのでさっさと帰って店の手伝《てつだ》いをしようと思っていた。

ガチャ、チリンチリーン。

「ただいまぁ〜」

「だからねぇ、今日はやめたほうがいいと思うんだよなぁ。スズメバチって怖《こわ》いよ、兄ちゃんたち。悪いことは言わねぇからよぉ〜……」

「いえ、でもぼくら蜂《はち》よけのスプレーも持っていますし。それに時間的《てき》にもこのあと行かないと帰りに間に合わないんですよ」

「まあ、事情《じじょう》はあるんだろうけど、ケガしたら元も子もないぜぇ」

「失礼《しつれい》ですけど、アドバイスはもう結構《けっこう》なんで。皆《みんな》、そろそろ行くから準備《じゅんび》して」

「おいおい、ちょっと待ちなよ。俺《おれ》は隣《となり》の山なら大丈夫《だいじょうぶ》だって言ってんじゃないか！」

「だからもう結構《けっこう》ですって……。お願《ねが》いだから放っておいてくださいよ」

あのラフな格好《かっこう》をしたおっちゃんが数人の若《わか》い登山客、とりわけ青いリュックを背負《せお》ったリーダーの男の人と言い合いをしていたのだ。

カウンターの奥《おく》にいる親父《おやじ》にこっそり話を聞くと、彼《かれ》らは30分前くらいにやってきて、最初《さいしょ》はおっちゃんと仲良《なかよ》く話していたそうだ。しかし、おっちゃんがいつものように『今日はあの山を登らないほうがいい』と言い出した辺《あた》りからもめ始めたのだそうだ。

言われてみれば、見知らぬおじさんに予定を変《か》えられるというのはあまり気分のいいものではないかもしれない。

「待ちなって兄ちゃんたち！」

バタンッ！　チリンチリン……。

「あ、おい……」

「まあまあ、なにもそんなに無理強《むりじ》いして引き止めてもしょうがないよ」

カウンターから声をかけた親父《おやじ》の言葉を背中《せなか》で受け止めたおっちゃんは、歩き去っていく若《わか》い登山客たちを眺《なが》めながら、ひどく悲しそうなため息をついた。

その日は夏だったこともあり、うちの母ちゃんは買ってきたスイカをおっちゃんを含《ふく》む

3人ほどのお客に振舞《ふるま》っていた。

俺《おれ》も一緒《いっしょ》になってワイワイとスイカを食べていたが、おっちゃんは「後でもらうよ」と言って、1人いつもの席《せき》で静《しず》かにコーヒーを飲んでいたのをよく覚《おぼ》えている。

もしかしてお昼過《ひるす》ぎに山に登っていったあの人たちのことをまだ考えているのかな。だとしたら、単《たん》なる直感でここまで真剣《しんけん》になるのは何故《なぜ》なんだろう。そう思ったときだった。

ガチャン！　チリンチリンチリン！

「だ、誰《だれ》か……！　助けて下さい！　あの、と、友達《ともだち》が、友達《ともだち》がいなくなったんです！」

駆《か》け込《こ》んできたのはお昼過《ひるす》ぎに山に入った登山グループで、おっちゃんと言い合いをしていた青いリュックの男性《だんせい》とその彼女《かのじょ》の行方がわからなくなったというのだ。

慌《あわ》てる彼《かれ》らを落ち着けて聞き出した話は、驚《おどろ》くべき内容《ないよう》だった。

夕日がキレイなことで有名だったその山を登りきった彼《かれ》ら。満足《まんぞく》して山を下りていると、突然《とつぜん》ピ――――――ッという誰《だれ》かの口笛を耳にしたというのだ。

音色自体は人が吹《ふ》いたものに思えたそうだが、その異常《いじょう》なまでに一定のリズム、そして延々《えんえん》と終わらない音に恐怖《きょうふ》を覚《おぼ》えた。しかも奇妙《きみょう》なことに、山を下りる自分たちのすぐそばをその口笛の音がついてきたという。

周《まわ》りには誰《だれ》もいないし動物の気配もない。なのに、見えない何かは自分たちの真横で延々《えんえん》と、ピ――――ッと口笛を吹《ふ》き続《つづ》けている。そんな状況《じょうきょう》にパニックになった彼《かれ》らは、山の中腹辺《ちゅうふくあた》りにあった山小屋に飛《と》び込《こ》んだのだそうだ。

ピ――――。

山小屋に閉《と》じこもっていると、小屋の周《まわ》りを口笛の音がグルグルグルグルグルグルと回り始め、いつの間にか口笛がピ――――、ピ――――、ピ――――ッと、複数《ふくすう》に分裂《ぶんれつ》し始めたという。

ワケもわからず頭を抱《かか》えてしゃがみこんでいると、外の口笛の音が一斉《いっせい》に山小屋の中に向かってピ――――ッ!! と突《つ》き抜《ぬ》け、突然《とつぜん》止まったのだそうだ。

「目開けて周《まわ》り見たら、あいつらどこにもいなくなっていて……」

あまりの話に店にいた客は唖然《あぜん》としていたが、ふと我《われ》に返った親父《おやじ》が地元の警察《けいさつ》やらに電話をかけ始めたことで、お客や逃《に》げ帰ってきた登山グループたちはザワザワと不安《ふあん》そうな声を漏《も》らし始めた。

そんな騒《さわ》ぎの中、おっちゃんは真剣《しんけん》な顔で黙《だま》りこくっていたが、突然無言《とつぜんむごん》のまま店の外に出ていってしまった。それを見ていた俺《おれ》は思わず後を追いかけた。

「こら、家に戻《もど》れ」

「でも、俺《おれ》も心配で！」

「なら、俺《おれ》の後ろを絶対《ぜったい》に離《はな》れるなよ」

薄暗《うすぐら》い山の中をライトで照《て》らしながら、おっちゃんと俺《おれ》は山小屋まで登っていった。

ギィッ……。

建《た》てられてから年月の経《た》った木製《もくせい》の山小屋は改《あらた》めて見るとかなりボロボロだった。

中は窓《まど》から入る青白い外の明かりで満《み》ちており、おっちゃんが照《て》らしているライトの先以外《いがい》はとても不《ぶ》気味で見る気がしなかった。

「あれはな、サンレイだよ。山の霊《れい》って書く山霊《さんれい》。まあ、俺《おれ》が勝手につけただけなんだけどよ。とにかく、山には人間じゃないそういうのがいるんだよ。長く登っていると、それがなんとなくわかって、あいつらを刺激《しげき》しないルールもなんとなくわかってくる。その直感が今日は絶対《ぜったい》ダメだって言っていたんだけどなぁ」

おっちゃんの後ろにつかまりながら聞いたその言葉は、山小屋の中の静《しず》けさとあいまって俺《おれ》の心をひどく震《ふる》え上がらせた。けれど、本当に俺《おれ》を震《ふる》え上がらせたのはこの直後に見たモノのほうだった。

「なっ……なんじゃありゃ」

おっちゃんが照《て》らしたライトの先。高い山小屋の天井《てんじょう》の一角に青いリュックが張《は》り付《つ》いてグニョグニョとうごめいていたのだ。

なんでリュックが生き物のように動いているんだ……。そう思った直後、ある思いが頭をよぎった。

あれ、リュックが動いているんじゃなくて、見えない〝何か〟が天井《てんじょう》でリュックを弄《いじ》っているんじゃないか……？

「ありゃもうダメだ……諦《あきら》めるしかねぇ」

おっちゃんはそう言うと、俺《おれ》の肩《かた》をつかんで慌《あわ》てて山小屋から飛《と》び出した。

「ああ、もっと強く言っていりゃあなぁ……かわいそうに。きっとあの子らは一生、山霊《さんれい》の食い物にされちまうんだろうなぁ」

その後、警察《けいさつ》や地元の捜索隊《そうさくたい》が山を何日も探《さが》したが、いなくなった2人は見つからず、その痕跡《こんせき》すら見つからなかった。山小屋の中で確《たし》かに見たあの青いリュックも、後で警察《けいさつ》が行ったときには姿《すがた》形もなかった。

それから俺《おれ》が高校生になったときに、おっちゃんは病気であっさりと亡《な》くなってしまった。それまでおっちゃんが座《すわ》っていたあの席《せき》には、今では知らない登山客が座《すわ》って笑《わら》いながらコーヒーを飲んでいる。

あの日以来《いらい》、幸いにも登山客が行方不明《ふめい》になる事件《じけん》は起きていない。けれど、それは単《たん》なる偶然《ぐうぜん》だろう。おっちゃんがいなくなってしまった今、あの山に入ってはいけないタイミングを知る者はもう誰《だれ》もいないのだから。

「友達《ともだち》になってあげて」

「はぁ〜。今年のダンスコンテスト大丈夫《だいじょうぶ》かなぁ。どの組も４組のリーダーの横山先輩《せんぱい》には勝てないよなぁ〜」

「……今年はダンス習っている６年生の人が４組のリーダーなんだっけ？」

運動会のラストを飾《かざ》るクラス対抗《たいこう》のダンス大会。

ここ数日、ぼくの通っている小学校の話題といえばこのダンス大会に関係《かんけい》したものばかり。隣《となり》のクラスで４年２組の親友のダイスケもその１人でした。

「カズヤ、よく知ってるな」

「一昨日《おととい》くらいに女子たちが廊下《ろうか》で話していたのを聞いたんだ」

「そうなんだよ。だから２組のリーダーの牧野先輩《まきのせんぱい》がライバル視《し》して、めっちゃ気合い入っていてさ、放課後《ほうかご》も皆《みんな》で練習するって。俺《おれ》もカズヤと同じ1組なら良《よ》かったよ」

「じゃあ、今日も一緒《いっしょ》に帰れなさそうだね」

「多分なぁ〜」

運動会は全4組のクラス別《べつ》で争《あらそ》うことになっており、練習期間は学年の枠《わく》を超《こ》えて一緒《いっしょ》に練習する決まりでした。

ぼくの所属《しょぞく》する1組はリーダーである6年生の人がのんびりした性格《せいかく》で、みんなで楽しく練習できればそれでいいというスタイルでした。でも、ダイスケのいる2組はリーダーである6年生の牧野《まきの》さんがとても熱心《ねっしん》で、毎日のように放課後《ほうかご》の特訓《とっくん》があったのです。

実を言うと、ぼくは運動会がそんなに好《す》きではありません。運動が得意《とくい》じゃないというのもありましたが、皆《みんな》の運動会にかける情熱《じょうねつ》と一緒《いっしょ》になれないことがなんだか寂《さび》しかったのです。

だからといって別《べつ》に毎日の練習が不満《ふまん》だったわけではなく、クラスメイトたちとは普通《ふつう》に笑《わら》いあって過《す》ごしていました。けれど、やっぱりいつもの日常《にちじょう》とは違《ちが》った雰囲気《ふんいき》を感じていたのは間違《まちが》いないです。

「起立、礼、さようなら」

ホームルームの時間が終わり、担任《たんにん》の先生の合図で一気にざわつき出す教室。

「みなさん！　6年生からの伝言《でんごん》で『ダンスでわからないところある人は視聴覚室《しちょうかくしつ》開けているから良《よ》かったら来て』とのことでした。なので、行けそうな人は視聴覚室《しちょうかくしつ》に集まってくださーい」

いつものように運動会委員の人がクラスメイト全員に向かって声をかけました。

「カズヤ出んの？」

「う～ん、ぼくはいいかな。振《ふ》り付《つ》けもう覚《おぼ》えたし」

「そっか、俺《おれ》不安《ふあん》だから出とくわ。じゃあ、また明日な～」

「うん、じゃあね～」

ドンチャチャドンドン！　ドンチャチャドンドン！

学校中から響《ひび》き始めたダンス用の曲。クラスメイトと別《わか》れたぼくはその音を聞きながら

1人帰路につきました。

夕暮《ゆうぐ》れの帰り道。

いつもなら皆《みんな》でふざけ合っていて気にも留《と》めない景色《けしき》が、その日は妙《みょう》にはっきりと見えました。路地裏《ろじうら》でそのおばさんに目がいったのも、今思うとそんな気持ちでいたからかもしれません。

そのおばさんは中身がぎゅうぎゅうに詰《つ》まったレジ袋《ぶくろ》を両手に下げて歩いていました。

バサバサバサ！

おばさんが袋《ふくろ》を持ち直そうと肩《かた》をあげたとき、手元が狂《くる》ったのか持ち手が外れて中身が道にバラバラとこぼれ落ちました。中身を拾うのを手伝《てつだ》ってあげなきゃ。ぼくはとっさに駆《か》け寄《よ》ったのです。

「あの、これ」

辺《あた》りに散《ち》らばる大量《たいりょう》の子ども用おむつと、ビタミンなどのサプリメント。ぼくは拾ったサプリメントをおばさんに手渡《てわた》そうと手を伸《の》ばしたのですが、おばさんはじっと無言《むごん》でこちらを見ていました。

「………」

「えっと、落ちましたよ」

「優《やさ》しい子ねぇ。あなた、もしかして蔵《くら》村南小学校の子ですか？」

「あ、はい、そうです」

おばさんはぼくの手からサプリメントの容器《ようき》を取るといきなり笑顔《えがお》になりました。

「私《わたし》の息子のアオイちゃんも蔵《くら》村南なんですよ。あなた何年生？」

「えっと、４年です」

「うちの子は３年生なんですけど、すごーく優《やさ》しい子なんです。人のことをいつも心配して、きっと私《わたし》のことだって心配してくれていると思うのだけど、どう思う？」

「えっと……」

「今は体を壊《こわ》してお家《うち》で寝《ね》ているの。私《わたし》、心配で、心配で。こうやって色々《いろいろ》買って看病《かんびょう》してあげているのよ。元気になって運動会に出て欲《ほ》しいって、私《わたし》そう思うんです」

おばさんはぼくの手をぎゅっとつかみました。

「そうだ、あなたアオイちゃんの友達《ともだち》になってあげて。運動会の日、絶対《ぜったい》に連《つ》れて行くから一緒《いっしょ》にいてくれますか？　アオイちゃん、きっとお友達《ともだち》ができれば元気になって運動会だって楽しく過《す》ごせると思うんです」

この人は一体何を言っているんだ？　その勢《いきお》いに言葉を失《うしな》っていると、おばさんは落ちたものを拾い終えてスッと立ち上がりました。

「返事は大事じゃない？　あなたのお母さん、どういう育て方しているのかしら……まあ、いいです。じゃあ、また会いましょうね」

おばさんはスタスタと角を曲がっていなくなりました。

翌日《よくじつ》のお昼休み。

ぼくは仲《なか》の良《い》いクラスメイト2人、そしてダイスケと一緒《いっしょ》にグラウンド脇《わき》の塀《へい》に座《すわ》って、昨日《きのう》出会った変《へん》なおばさんのことを話しました。

「えー、ヤバくねぇ……」

「……皆《みんな》はどんな子か知っている？」

「いやぁ、知らないな。放課後《ほうかご》の練習で下級生も一緒《いっしょ》になるけど、見たことない」

「練習期間は休んでいたんじゃない？」

「病気で学校に来られなくて友達《ともだち》いないいってのは、確《たし》かにかわいそうだね……」


運動会当日はカラッとした気持ちの良《い》い晴天でした。

黒板には当日のタイムスケジュールが大きく書かれ、皆体操着《みんなたいそうぎ》に着替《きが》えるとワイワイ盛《も》り上がりながらグラウンドに降《お》り、クラス別《べつ》の座席《ざせき》に座《すわ》りました。グラウンドの周《まわ》りにはたくさんの家族が見に来ており、楽しそうに笑《わら》っていたのを覚《おぼ》えています。

しばらくクラスメイトとしゃべっていると、アナウンスが大きな音で流れました。

『みなさん、おはようございます！　いよいよ今日は運動会の本番です。今日までみなさんたくさん練習を重ねてきたと思いますので、悔《く》いのないように頑張《がんば》りましょう！　それではただいまより蔵《くら》村南小学校の運動会を開催《かいさい》します！』

障害物競走《しょうがいぶつきょうそう》や玉入れなどの競技《きょうぎ》をこなしているうちに、時間はあっという間にダンス大会直前に。周《まわ》りに緊張感《きんちょうかん》が漂《ただよ》い始めると、ダイスケが1組のエリアにやってきました。

「なあ、トイレ行かねぇ?」

ワイワイと騒《さわ》ぐグラウンドの音が遠くに聞こえるようになった頃《ころ》、ぼくとダイスケは人気のない校舎《こうしゃ》2階のトイレに着きました。

「緊張《きんちょう》してきた〜〜……。さっき、牧野先輩《まきのせんぱい》が4年のところに来て『今日は絶対《ぜったい》勝つからね!』ってプレッシャーかけに来たんだよなぁ……」

「え、辛《つら》いなぁ、それ」

「だろ〜? 約束《やくそく》通りにしなきゃいけないんだよ。なかったことになんかできないんだし」

トイレを済《す》ませて手を洗《あら》いながら笑《わら》うぼくに、ダイスケは参《まい》ったよと言わんばかりの表情《ひょうじょう》でため息をつきました。

「まあねぇ〜」

「あ、そういや、お前に会いにくるって言っていた子はどうなった? 約束《やくそく》は守るんだろ？」

「約束《やくそく》？　ああ、あのおばさんの話？　あれは別《べつ》に約束《やくそく》したわけじゃないから……まだ今日会ってもいないし」

トイレから出ると、隣《となり》を歩いていたダイスケが立ち止まりました。

「それはないだろ。アオイくんのお母さんは運動会までに病気を治《なお》そうとしていたのに。友達《ともだち》ができればきっと元気になるって。何度も、何度も言って聞かせていたんだぞ」

「……何言ってんの？」

外から聞こえていた騒音《そうおん》は、気がつくと聞こえなくなっていました。

「そうですよね、アオイくんのお母さん？」

ダイスケはトイレ外の廊下《ろうか》に立っていたぼくの横を見ました。

振《ふ》り向くと、あのおばさんが隣《となり》に立っていました。ぼくの体は金縛《かなしば》りにあったように動かなくなり、背中《せなか》のあたりがスゥーッと寒くなると、汗《あせ》がおでこからジトッとにじんできました。

「いつも、いつも私《わたし》の言うことに逆《さか》らってばかり。病院よりお母さんのやることを信《しん》じてよ？　ほら、この子があなたのお友達《ともだち》になってくれるのよ？　だから元気になって？」

おばさんは廊下《ろうか》の向こうを凝視《ぎょうし》したまま、瞬《まばた》きもせずにブツブツと言っていました。

「友達《ともだち》になってあげろよ」

『お知らせです』

「アオイちゃん、アオイちゃん、お母さんのせいなの？　ねぇ、お母さんのせい？」

『4年1組の正木カズヤくんは、アオイくんと友達《ともだち》になってあげてください』

歪《ひず》んだアナウンスの声にまぎれて、ゆっくりとこちらに歩いてくる足音が聞こえました。

タッ……タッ……タッ……タッ……。

「アオイちゃん、アオイちゃん、どうして死んでしまったのよぉ」

ガシッ。

ぼくの腕《うで》を小さくて冷《つめ》たい手がつかみました。

「たすけてくださいぃ。おかあさんとぼくをたすけてくださいぃ」

そのミイラのようなアオイくんの顔を見た瞬間《しゅんかん》、ぼくは気を失《うしな》ってしまいました。

気がつくとそこは保健室《ほけんしつ》のベッドの上で隣《となり》には心配そうに見つめるダイスケがいました。

「おい、カズヤ大丈夫《だいじょうぶ》か？　よかったぁー……今お前の家族も来るってよ」

どうやら、ぼくはトイレから出た後に突然倒《とつぜんたお》れ、ここに運ばれたらしいのです。

「アオイくんは……」

ふと窓《まど》の外を見ると、クラスメイトたちがダンスを踊《おど》っていました。

けれど、ぼくの視線《しせん》は何かに引っ張《ぱ》られるようにグラウンドの端《はし》に向いたのです。

人波の1番後ろ、蜃気楼《しんきろう》のようにぼやけた日差《ひざ》しの中、あのおばさんがこちらをにらみつけていました。

シャッ！

「大丈夫《だいじょうぶ》か？」

「うん、なんでもない……」

ぼくは遮《さえぎ》るようにカーテンを閉《し》めました。

栗洞坂《くりどうざか》の影老人《かげろうじん》

「栗洞坂《くりどう》を越《こ》えたとこにあるゲーム屋って知っている？」

きっかけはクラスメイトのトモサカくんの一言でした。

「栗洞坂《くりどう》ってどこ？」

「あれだろ、隣町《となりまち》に入る手前くらいにある長い坂」

平成初期《へいせいしょき》。当時小学生だったぼくはクラスメイトのマキタくん、イチオカくんと共《とも》に、トモサカくんの家に集まってビデオゲームをして過《す》ごしていました。

「そうそう。そこ越《こ》えた先に小さいゲーム屋があったんだ」

「お前あんなとこまでゲーム探《さが》しに行ってんの？」

当時は今のようにインターネットからゲームをダウンロードするのではなく、やりたいソフトを買うのが一般的《いっぱんてき》でした。ぼくらは、なけなしのお小遣《こづか》いを有効《ゆうこう》活用するために、高い新作ゲームよりも、むしろ中古の安くておもしろいゲームソフトを毎日のように探《さが》し回ることに、夢中《むちゅう》になっていたのです。

「隣町《となりまち》にお母さんと買い物に行った帰りに見つけてさ。ちっちゃいゲーム屋なんだけど、中古のゲームありそうだったよ」

「へー、なら明日の放課《ほうか》後行ってみようぜ」

「いいね～。おい、マキタそっちじゃないって。逆《ぎゃく》の扉《とびら》！」

「あ、話聞いていてミスったわ」

「うはは！」

マキタくんがプレイするゲーム画面を見ながらぼーっと交わされた会話。いつもなら話はこのまま終わって、次はゲームプレイの内容《ないよう》に話題が移《うつ》る流れでした。でも、そのときはトモサカくんが話を続《つづ》けたのです。

「あのさぁ、なんか変《へん》な話なんだけど」

「ん〜？」

「その栗洞坂《くりどう》のゲーム屋の前でさ、変《へん》なじいさんを見たんだよね」

「変《へん》なじいさん？」

隣《となり》に座《すわ》るトモサカくんはどこか怯《おび》えたような表情《ひょうじょう》で続《つづ》けました。

「一瞬《いっしゅん》だったんだけどさ、ゲーム屋の向かいにある家の2階の電気がパッと点《つ》いて、窓際《まどぎわ》にじいさんが見えたんだ。それも突然《とつぜん》。そいつ白い顔でこっちをじーっと見たあと、急に手をバタバタっていうのかなぁ、こう、ダンスしているみたいに動かしていたんだよ」

「……そんだけ？　なんだよ、怖《こわ》い話でもし始めたのかと思ったわ〜。なんかストレッチでもしてたんじゃねぇの〜」

横で聞いていたイチオカくんがそう茶化すと、トモサカくんは遮《さえぎ》るように言いました。

「俺《おれ》もさ、最初《さいしょ》はそう思って通り過《す》ぎたんだよ。でもさ、絶対《ぜったい》おかしいんだよ。だって、電気点《つ》いた直後に窓際《まどぎわ》にいたんだよ？　仮《かり》にさ、誰《だれ》かもう1人いて電気点《つ》けたんだとしても、それまで暗い中窓《まど》のそばに立っていたってことだろ？　それに……」

「それに、なんだよ」

「顔が白い顔ってわかるわけなくない？　逆光《ぎゃっこう》なんだぜ？」

トモサカくんの言葉にその場はシーンと静《しず》まってしまいました。

「まあ、じゃあそれ確《たし》かめる意味でもさ、明日行こうぜ！」

「えー、いやだよ、怖《こわ》いじゃん」

「絶対《ぜったい》トモサカの勘違《かんちが》いだって！」

結局《けっきょく》、翌日《よくじつ》の放課《ほうか》後にぼくたち４人はトモサカくんの案内《あんない》でその栗洞《くりどう》坂に向かうことになりました。

隣町《となりまち》は小高い丘《おか》の上にあり、栗洞《くりどう》坂はそこに続《つづ》く緩《ゆる》やかながらも長い坂道でした。大して遠い距離《きょり》ではありませんでしたが、普段《ふだん》自分たちが来ない場所に友達《ともだち》と一緒《いっしょ》に向かうのは、なんだか冒険《ぼうけん》のようでワクワクしました。

ましてや、お化けのウワサにプラスして、行ったことのないゲーム屋までもがセットになっているのです。

そんなぼくの胸《むね》の高鳴りとは裏腹《うらはら》に、冒険《ぼうけん》は拍子抜《ひょうしぬ》けするほどあっさり終わりました。

「あ、そこの家だ」

トモサカくんが不意《ふい》に指差《ゆびさ》したのは、坂道の途中《とちゅう》の住宅街《じゅうたくがい》にたたずむ、普通《ふつう》の2階建《かいだ》ての一軒《いっけん》家でした。

「え、ここ?」

「うん」

「めっちゃ、普通《ふつう》の家じゃん」

「1階に電気点《つ》いているし、住んでいる人も普通《ふつう》にいるっぽいね」

廃墟《はいきょ》とはいかないまでも、イメージではどこか汚《よご》れた不《ぶ》気味な家を想像《そうぞう》していたのですが、実際《じっさい》に目にしたその家はどこにでもあるような外観《がいかん》で、とてもお化けがいるとは思えませんでした。

「やっぱさ、お前の気のせいだったんだって。じゃあ、早くゲーム屋行こうぜ!」

「そうだなぁ」

マキタくんとイチオカくんがそそくさと先を行く中、ぼくの隣《となり》のトモサカくんは納得《なっとく》がいっていないような複雑《ふくざつ》な表情《ひょうじょう》だったのを妙《みょう》に覚《おぼ》えています。

一方、目的地《もくてきち》だったゲーム屋は大当たり。

そこかしこに海外アニメや映画《えいが》のフィギュア、それにポスターまで飾《かざ》っており、小さい店ながらゲームの品揃《しなぞろ》えもかなり豊富《ほうふ》でした。しかも、店長のお兄さんは優《やさ》しい人で、マキタくんが海外製《せい》のアクションゲームを買うと、アメコミキャラクターが描《えが》かれたステッカーまでタダでプレゼントしてくれたのです。

「超《ちょう》いい店だったなぁー!」

「また来ようよ! 店長と話すのだけでも楽しいよ、あそこ!」

店を出た頃《ころ》には辺《あた》りは薄暗《うすぐら》くなっており、ぼくらはゲーム屋の思い出話をしつつワイワイと栗洞《くりどう》坂を下りていました。

パチッ。

何かが光ったのを目の端《はし》でとらえ、ぼくは立ち止まりました。

「おい、どうしたんだよ?」

「あれ……」

あの家の2階の窓《まど》におじいさんが立っていました。

「うわっ! あれだよ、あれ! 顔、おかしいんだって!」

トモサカくんが小声で不安《ふあん》そうにささやく中、そのおじいさんを改《あらた》めて見ると逆光《ぎゃっこう》であるにもかかわらず、確《たし》かに薄《うす》いカーテン越《ご》しに白い顔が浮《う》かび上がっていたのです。

痩《や》せ型《がた》ではありましたがガリガリではなく、キリッとした目をカッと見開きながら、こちらを見下ろしていたその老人《ろうじん》。

バッ! バッ! バッ! バッ! バッ! バッ!

突然《とつぜん》、おじいさんは両手を広げたかと思うと、腕《うで》をキビキビと動かしだしました。

「ほら、あの動きだよ、俺《おれ》が見たの! も、もう行こうぜ」

バッ! バッ! バッ! バッ! バッ! バッ! バッ!

ワラワラと走り出すぼくらに向かって、おじいさんは一心不乱《いっしんふらん》に手を動かしていました。

「やばい！　やばい！　逃《に》げろ！」
ぼくはおじいさんの手の動きに見覚《みおぼ》えがありました。

『カ　ド　ト　マ　レ』

「皆《みんな》、そこで止まって!!」ぼくがとっさに大声でそう叫《さけ》んだときでした。

パァァァ――――!!　キイィィィッ!!　ゴシャァ!!　ドゴンッ!!

クラクションと衝突音《しょうとつおん》が聞こえたのは坂の終わりの十字路の角。衝突《しょうとつ》した2台の車のうちの1台がそこに突《つ》っ込《こ》んできたのです。駆《か》け寄《よ》る人々《ひとびと》に助け出された運転手は無事《ぶじ》なようでしたが、ぼくらはあまりのできごとに呆然《ぼうぜん》と立ち尽《つ》くすことしかできませんでした。

「お前、なんでわかったの……？」
「違《ちが》う、ぼくじゃない。あの、おじいさんが止まれって言っていたんだ……」
ぼくは1年前にお父さんの薦《すす》めで〝ボーイスカウト〟に行っていたので、おじいさんが振《ふ》っていた手の動きの意味がわかりました。〝手旗信号《てばたしんごう》〟。それは手の動きで相手にメッセージを伝《つた》えるシグナルだったのです。

ぼくらの心には〝あのおじいさんが守ってくれた〟という思いが残《のこ》り続《つづ》け、それは皆《みんな》も同じでした。事件《じけん》から1週間後、ぼくらは再《ふたた》び栗洞《くりどう》坂に向かうことにしました。

幸運にも、あの家の前で自転車を止めて中に入ろうとしているおばさんを見つけました。

こういうときに知らない人でもガンガン話しかけていけるマキタくんのおかげで、ぼくらはその家の人に声をかけ、あの日助けてくれたおじいさんにお礼が言いたいということを伝《つた》えられたのです。

「覚《おぼ》えているわよ〜。あのときは無事《ぶじ》でホッとしたわぁ〜」

「あのとき無事《ぶじ》だったのは、2階にいたおじいさんが手旗信号《てばたしんごう》で『角止まれ』って言ってくれたからなんです。だから、その、お礼を言いたくて……」

その言葉を聞いたおばさんはひどく驚《おどろ》いていました。

「おじいちゃん、もう何十年も前に病気で亡《な》くなっているわよ……。まあ、戦争《せんそう》で海軍《かいぐん》にいたから手旗信号《てばたしんごう》は確《たし》かにできたと思うけれど」

『ああ、やっぱり』。ぼくの心に湧《わ》いてきたのは納得《なっとく》でした。あの姿《すがた》を見たときに、心の中でもうこの人はこの世にいる人ではないと感じていたからです。

「でも、やっぱりおかしいわよ。それ」

「……え?」

「恥《は》ずかしい話なんだけどね、あの人、人助けなんか絶対《ぜったい》にする性格《せいかく》じゃないのよ」

『カ　ド　ト　マ　レ』

「度を越《こ》して歪《ゆが》んだ人で、戦時《せんじ》中に仲間《なかま》に喉《のど》を切られて喋《しゃべ》れなくなったくらいの人なのよ。とても子どもを助けるためにそんなことするとは思えなくて……」

あの家を後にして帰る道すがら、マキタくんとイチオカくんは「きっと、優《やさ》しい心に目《め》覚《ざ》めたから助けてくれたんだ」と口を揃《そろ》えて言いました。

振《ふ》り返ると窓《まど》には電気が点《つ》いており、栗洞《くりどう》坂の老人《ろうじん》はバタバタと手を振《ふ》っていました。

『カ　ド　デ　●　ネ』

あれ以来《いらい》、ぼくらは一度も栗洞《くりどう》坂には近づいていません。

お化けの出る日

トイレで過《す》ごす時間というのは、多くの人にとって心休まる1人の時間だったりするものです。とりわけ家でのんびりしているときなどは、スマホを見たり考え事をしたりして、ゆっくり過《す》ごすという人も少なくないでしょう。私《わたし》もそんなタイプの人間でした。

〝でした〟と言ったのは、あのできごと以来私《いらいわたし》にとってトイレは心休まる場所ではなくなってしまったからです。

それを最初《さいしょ》に見たのは、たしか小学6年生のとある休日の夜だったと思います。

その日、家でお昼ご飯《はん》をお腹《なか》いっぱい食べた私《わたし》は、リビングで家族と一緒《いっしょ》にのんびりと過《す》ごしていました。

キッチンで後片付《あとかたづ》けをするお母さん。新聞を読んでいるお父さん。ソファに座《すわ》ってワイドショーを見ているおじいちゃん。その隣《となり》で寝転《ねころ》がってスマホを見ている弟。なんてことない日常《にちじょう》の中で私《わたし》はトイレに行きました。

トイレを済《す》ませたあと、私《わたし》は座《すわ》りながらスマホでSNSを見ていたのですが、それも飽《あ》きてトイレから出ようと思いました。

トイレの壁《かべ》にかけてあるカレンダーに目がいったのは、そのときです。

お母さんが近所の文房具屋《ぶんぼうぐや》で毎年買ってくるそのカレンダーは、シンプルなデザインをした月ごとにめくるタイプのもので、私《わたし》はいつも「アニメとかのカレンダーにしてよ！」と駄々《だだ》をこねていました。でも、お母さんは決まって「そういうカレンダーは予定が書けないから使いづらいのよ～」と返すのです。

『タクミ　歯医者16時』『お父さん　飲み会でご飯《はん》なし』『おじいちゃん　敬老会《けいろうかい》』

ボールペンで書かれたそれらの予定は、主にお母さんがメモがわりに書き込《こ》んでいたものので、私《わたし》はいつも家族の予定を知るときに見ていました。

「今月は私《わたし》の予定は何もないか」

このときのカレンダーは確《たし》かに全くもっていつも通りでした。

その日の夜。明後日《あさって》の英語《えいご》の小テストに備《そな》えて、私《わたし》は寝《ね》る前に少し勉強をしていました。別《べつ》に勉強がそこまで好《す》きなわけではなかったのですが、何かを自主的《てき》に始めてしまうと熱中《ねっちゅう》してしまう性格《せいかく》だった私《わたし》は、気がつくと夜中の12時くらいまで勉強してしまっていたのです。

「うげ、もうこんな時間か」

流石《さすが》にやりすぎたなと反省《はんせい》しつつ、トイレに行ってから寝《ね》ようと思い、私《わたし》は1階に降《お》りました。

この日は皆早々《みんなそうそう》に寝《ね》てしまったのかリビングには誰《だれ》もおらず、薄暗《うすぐら》い月明かりだけが辺《あた》りをぼんやりと照《て》らしていました。

ガチャ……。カチッ……カチカチッ……カチカチカチカチッ……。

「あれ、またかよ～。この前お父さんが電球交換《こうかん》したのに……」

トイレの電気が点《つ》きませんでした。

お昼は点《つ》いていたのに。こりゃ修理《しゅうり》の人呼《よ》ばないとダメかもなぁ。

頭の上の小窓《こまど》から差《さ》し込《こ》む青白い月明かりだけを頼《たよ》りに用を足し終わると、私《わたし》はいつもの癖《くせ》で目線を壁《かべ》にかけてあるカレンダーに向けました。

月の真ん中辺《あた》りに、うっすらと丸印《まるじるし》と文字が書いてあるのがわかりました。

『おばけがでる』

子どものような字でそう書いてあったのです。

弟がふざけて書いたのかな。最初《さいしょ》はそう考えました。でも、弟はホラー的《てき》なものが苦手な怖《こわ》がりです。こういう冗談《じょうだん》を書くことすら怖《こわ》がってやりたがらないでしょう。

妙《みょう》に心に引っかかったのは、その日付《ひづけ》が夜中の12時を回った今日だったこと。そしてその文字がどうやら鉛筆《えんぴつ》で書き込《こ》んであるということでした。

普通《ふつう》なら別《べつ》の部屋から持ってきたボールペンを使って書くはず。一体なんでわざわざ外から鉛筆《えんぴつ》を持ってきてこんなこと書くのだろう、そう思ったのです。

お母さんの字ではないし、お父さんとおじいちゃんはそもそもここに何も書いたりはしない。もちろん私《わたし》が書いたわけでもない。

え、じゃあ、誰《だれ》がこれ書いたの……？

『おばけがでる』

ゴンッ。

その子どもじみたいたずら書きが、急に不《ぶ》気味なものに思えてきました。

私《わたし》は慌《あわ》てて水を流してズボンを穿《は》くと、急いでトイレから出ようと扉《とびら》を開けました。

ドアに何かがぶつかりました。

思わず半開きのドアから顔を出してのぞき込《こ》んだ私《わたし》が見たのは、膝《ひざ》を抱《かか》えてドアの手前にしゃがみこんでいる、全然《ぜんぜん》知らない女の子でした。

グイ〜ッと、こっちを見上げるように振《ふ》り向いたその女の子はこう言いました。

「イタァ――――イ」

その棒読《ぼうよ》み加減《かげん》と全く痛《いた》そうじゃない様子にわざとらしさを感じました。まるで、いじめっ子がこちらをいじめてくる理由を作るために、痛《いた》くもないのに痛《いた》いふりをしてくるときのような、なにか面倒《めんどう》なことに巻《ま》き込《こ》まれる前のような不安感《ふあんかん》と恐怖《きょうふ》。

「ううっ……！」

私《わたし》は声にならないうめき声をあげると体をねじるようにしてドアから出て、女の子がいるのとは逆《ぎゃく》方向である、リビングの方にかけ出しました。

絶対《ぜったい》生きている人間じゃない……本当におばけが出たんだ！

パニックになりながら、私《わたし》はリビングに来てしまった自分のミスを悔《く》やみました。廊下《ろうか》の途中《とちゅう》にあったおじいちゃんの部屋に入ることだってできたはずなのに。

当然《とうぜん》リビングには隠《かく》れる場所もなかったので、私《わたし》はとっさにリビング奥《おく》のキッチンにかけ込《こ》み、引き戸をガラッと閉《し》めると食器棚《しょっきだな》にもたれかかりました。

シーンとした静《しず》けさの中で聞こえるのは私《わたし》の心臓《しんぞう》の音だけ。しかし、突然《とつぜん》そこにズリッ……ズリッ……という足音が混《ま》ざり出したのです。

ヤバい！　あの子がこっちに来た。そう思った直後にキッチンの引き戸の曇《くも》りガラスに女の子のシルエットがヌゥッ……と現《あらわ》れました。

「イタァ――――イ」「イタァ――――イ」

女の子は何をするでもなく扉《とびら》の向こうにたたずんだまま、そうくり返していました。

私《わたし》はそばにあったキッチン用の折《お》りたたみ椅子《いす》をつかんで、扉《とびら》につっかえ棒《ぼう》をしました。

お願《ねが》い早く消えて……！　お願《ねが》い早く消えて……！　お願《ねが》い早く消えて……！

鳴り止《や》まないその声を聞いているうちに、私《わたし》は意識《いしき》を失《うしな》ってしまいました。


ガタンッ！　ガコガコガコッ！

突然《とつぜん》の物音で私《わたし》は目を覚《さ》ましました。まさか、あの女の子が入ってこようとしている？

私《わたし》は飛《と》び上がって引き戸を押《お》さえました。

「おい、誰《だれ》かいるのか？　ミオかい？　何してる、こんなとこで？」

声の主は早起きしてお茶を飲みにきたおじいちゃんでした。

私《わたし》は椅子《いす》をどかして引き戸を開けると、おじいちゃんに抱《だ》きつきました。

私《わたし》はカレンダーの文字と、さっきまで目の前に立っていたあの女の子について必死《ひっし》に説《せつ》明《めい》しました。「何を寝《ね》ぼけているんだ？」と言われた私《わたし》は、おじいちゃんの手を握《にぎ》るとトイレに連《つ》れて行ってあのカレンダーを見せました。

「……本当だ。確《たし》かに子どもの字だが、こりゃタクミでもお前の字でもないな」

おじいちゃんを納得《なっとく》させて満足《まんぞく》したのもつかの間、私《わたし》の心には昨日《きのう》のできごとが夢《ゆめ》でも何でもない現実《げんじつ》であるという恐怖《きょうふ》があふれてきました。

「こんなものを貼《は》っておいたらいかん！」

おじいちゃんはカレンダーをビリッと引きはがすと、キッチンからライターを持ち出してきて、リビングから庭に出るとそのカレンダーに火をつけて燃《も》やしてしまいました。ジクジクと音を立てて燃《も》え縮《ちぢ》むカレンダー。オレンジ色の炎《ほのお》は、あの鉛筆《えんぴつ》文字をあっという間に飲み込《こ》んで塵《ちり》にしました。

私《わたし》とおじいちゃんは起きてきた家族に事情《じじょう》を説明《せつめい》し、近くに亡《な》くなった子どもがいるかなど、思いつく因縁《いんねん》を聞きましたが、そういうものは何もありませんでした。

『おばけがでる』。そんな何気ない言葉をきっかけに幽霊《ゆうれい》が出ることだってあるのです。

そのゴミ袋《ぶくろ》

「アオト〜、ちゃんとゴミ忘《わす》れずに出していってねぇ」

「は〜い」

「いつも悪いな、アオト」

毎週の火曜日と金曜日の朝に何度も繰《く》り返されてきたこのやりとり。今のマンションに引っ越《こ》してきてすぐの頃《ころ》はぼくも面倒臭《めんどうくさ》くてブツブツ文句《もんく》を言っていましたが、数ヶ月も経《た》つともはや何も感じなくなるものです。

『学校へ行く前に、ぼくがマンション1階のゴミ捨《す》て場へゴミ出しをする』。きっかけは学校で言われた『一日一善《いちにちいちぜん》キャンペーン』でした。

晩《ばん》ご飯《はん》のときに両親に相談したところ、お母さんが『じゃあ、朝のゴミ出し手伝《てつだ》ってくれると嬉《うれ》しいなぁ』と言い出したのです。

最初《さいしょ》は嫌《いや》だと言ったのですが、お父さんに『やってくれるならこのおかずの唐揚《からあ》げ1個《こ》アオトにやると』と言われてつい引き受けてしまったのでした。以来《いらい》、いつの間にかゴミ出しはぼくの担当《たんとう》に。せっかくなら〝ゴミ出しをすれば必《かなら》ずおかずを1個《こ》多くもらえる〟と約束《やくそく》をしておくべきだったかもしれません。

そんな日常《にちじょう》に異変《いへん》が起きたのはある日の夕方でした。

「私《わたし》も数日前に早くゴミ捨《す》て場のチェックをするようになって気づいたんですが……」

「そうなんですねぇ……」

学校から帰ってきたぼくは、1階の駐輪場《ちゅうりんじょう》のところでお母さんと管理人《かんりにん》さんが立ち話をしているのを見かけたのです。

「どうしたの、お母さん?」

「あ、おかえり〜。あのね、ゴミ出し時間外にゴミ捨《す》てしている人がいるらしいのよ」

「困《こま》っちゃうんだよなぁ〜、ゴミ出しは毎週月曜日の夜と火曜日の朝8時30分、木曜日の夜と金曜日の朝8時30分まで。そう張《は》り紙をしているんだけどなぁ……。いやはや、てっきり越《こ》してきたばかりの高島さんかと疑《うたぐ》ってしまい本当に申し訳《わけ》ない！」

「あ、全然《ぜんぜん》気にしないでください。私《わたし》も気づいたら管理人《かんりにん》さんにお伝《つた》えします」

「そりゃ、ありがたいです！」

　お母さんはここに越《こ》してきてからいつも口癖《くちぐせ》のように『このマンションの人はみんな愛想《あいそ》がいいから安心したわ』と言っていたので、マンションのゴミ出し時間を破《やぶ》ってゴミ捨《す》てをする人がいるかも、という疑惑《ぎわく》は心にモヤモヤとしたものを残《のこ》しました。

　それから数週間が経《た》ちましたが、お母さんから話を聞くとどうやらまだゴミ出しルール破《やぶ》りの犯人《はんにん》は見つかっていない、それどころか、ゴミ出しに合わせて毎週の火曜日と金曜日に来る管理人《かんりにん》さんの機嫌《きげん》がここ数日悪くなっているというのです。

「あの管理人《かんりにん》さん、いつも優《やさ》しいんだけどルールが破《やぶ》られるようなことがあると急にピリピリし出してちょっと怖《こわ》いのよねぇ。頭がカタイというかなんというか……」

　今の管理人《かんりにん》さんはぼくらが越《こ》してくる数日前に担当《たんとう》になったばかりの人です。いつも笑《わら》っている白髪混《しらがま》じりの優《やさ》しいおじさんというイメージだったので、そんな管理人《かんりにん》さんの機嫌《きげん》が悪くなっているというのはあまり想像《そうぞう》できませんでした。

ですが、その話をお母さんから聞いてから5日後の火曜日。ぼくは実際《じっさい》に管理人《かんりにん》さんのそんな一面を目撃《もくげき》することになりました。

その日は前の日に仲《なか》の良《よ》かった田原くんと喧嘩《けんか》をしてしまったことで、気持ちが落ち込《こ》んでいました。良《よ》くないことなのはわかっていたのですが、ついお母さんに『気分が悪いから』と嘘《うそ》をついて小学校を休んでしまったのです。

でも、いけないとわかっていることをしてしまうと、ゆっくり過《す》ごせる朝もなんだか落ち着いて過《す》ごせないものです。

ぼくはソワソワした気持ちを抑《おさ》えるために、いつもは急いで食べる朝食をゆっくり食べながら自分からお母さんに聞いたのでした。

「お母さん、もう時間ギリギリだけどゴミ出ししたほうがいいんじゃない？」

「あ！　ゴミ出しすっかり忘《わす》れてた！　あんた元気そうなんだからすぐ出してきて！」

お母さんはキッチンから持ってきたゴミ袋《ぶくろ》をバスッと押《お》し付《つ》けるや「早く早く！　もうあと数分でゴミ収集《しゅうしゅう》来ちゃう！」とぼくの背中《せなか》を押《お》して外廊下《ろうか》に追い出しました。

こんなことなら普通《ふつう》に学校に行けば良《よ》かったかな、そう思いながらゴミ袋《ぶくろ》を抱《かか》えて1階まで降《お》りました。

「困《こま》るんですよね！　これどういうことなんですか!?」

「いや、私《わたし》は上司《じょうし》にそう言われていたので……」

「じゃあ、その上司呼《じょうしよ》んで来てくださいよ！」

「でも、もう出発しないと」

その言い争《あらそ》いが聞こえてきたのは、ぼくが小走りでゴミ捨《す》て場に近づいたときでした。

声の主は管理人《かんりにん》さん。ゴミ収集《しゅうしゅう》に来ていた若《わか》い業者のお兄さんにピリピリした様子で怒鳴《どな》っていたのです。

ぼくはもうすでにゴミ収集《しゅうしゅう》が来ていることもあって、手に持ったゴミをさっさと置《お》きにいきたかったのですが、どうにも入れる空気ではなく、そばまでソロリと近づきながら様子をうかがうことにしました。

「あなたたちが残《のこ》していたなんて……一体何を考えているんですか？」

そのとき、お母さんが話していた例《れい》の〝ゴミ出しルール破《やぶ》りの犯人《はんにん》〟の件《けん》でもめていることに気がつきました。やりとりを聞くと、なんとゴミ袋《ぶくろ》はゴミ出しの時間外に捨《す》てられていたのではなく、ゴミ収集《しゅうしゅう》業者の人が〝あえて毎回1袋残《ふくろのこ》していた〟というのです。

管理人《かんりにん》さんがイライラした表情《ひょうじょう》を見せていることにショックを受けたのもありましたが、それよりも業者の人が何故《なぜ》そんな意味不明《ふめい》な行動をしているのかが気になりました。

「おい、何をもめてるんだ！」

トラブルに気がついてゴミ収集《しゅうしゅう》車から降《お》りてきたのは、ベテラン感のある年配の人でした。管理人《かんりにん》さんに怒《おこ》られている若《わか》い人を下げさせると、彼《かれ》はこう言い出したのです。

「あなた、新しい管理人《かんりにん》さん？　なら聞かされていなかったのかもしれないんだけどね、ここのマンション、10年以上《いじょう》前に勤《つと》めていた管理人《かんりにん》さんとの取り決めで収集《しゅうしゅう》時はゴミを1袋残《ふくろのこ》すことになっているんだよ。私《わたし》も聞いた話だけど、当時ここに住んでいた動物好《ず》きの女性《じょせい》が、付《つ》き合っていた男性《だんせい》に飼《か》っていた鳥を勝手に袋詰《ふくろづ》めにされて捨《す》てられちゃったらしいんだよ。しかもそれを知ったのがゴミ収集《しゅうしゅう》の朝でさ。女性《じょせい》は大慌《あわ》てでゴミ袋《ぶくろ》を回収《かいしゅう》しにいったそうなんだけどゴミ収集車《しゅうしゅうしゃ》は去ったあとで、車道に飛《と》び出した女性《じょせい》は運悪く車にはねられて亡《な》くなったみたいでね……。それ以来《いらい》ゴミ袋《ぶくろ》を全部収集《しゅうしゅう》するとその女が出るとかなんとかで――」

ふと、業者の人が背後《はいご》に立っていたぼくに気がつきました。その視線《しせん》につられて管理人《かんりにん》さんも振《ふ》り返ります。

「あ、高島さんのところの！」

「え、あ、あのすみません、ギリギリなんですけどゴミを出したくて……」

「それを貸《か》しなさい」

「あっ……！」

管理人《かんりにん》さんはぼくからゴミ袋《ぶくろ》を右手で取り上げると、業者の人に向き直りました。

「あのねぇ、そんな話誰《だれ》が信《しん》じるっての？　言い訳《わけ》している暇《ひま》あるならこのゴミもさっさと持っていって二度とこんなことしないでもらえるかね！」

管理人《かんりにん》さんはツカツカとゴミ捨《す》て場に入り、左手で残《のこ》されていたゴミ袋《ぶくろ》もつかみました。

グンッ。

「え？」

そのときでした。管理人《かんりにん》さんが左手でつかんでいたゴミ袋《ぶくろ》が引っ張《ぱ》られたのです。

女の人でした。

ゴミ捨《す》て場の中に立って、ゴミ袋《ぶくろ》を両手でつかんでいたのです。

何故《なぜ》だかは今になってもわかりません。けれどその瞬間《しゅんかん》、ぼくはその女の人の〝首から上〟を見てはいけないような気がして、目線をゴミ袋《ぶくろ》の方にパッとそらしたのです。

『それ、すてないでください』

管理人《かんりにん》さんと女の人がつかんでいることでピンと張《は》られたゴミ袋《ぶくろ》。

その中から女の人の顔がグニィィ～ッと浮《う》かび上がって、言ったのです。

『それ、すてないでください』

「うわぁぁ〜〜!!」

「離《はな》せ! 手を離《はな》せ! ゴミ袋《ぶくろ》!」

業者の人が真っ青な表情《ひょうじょう》で管理人《かんりにん》さんを怒鳴《どな》りつけました。

管理人《かんりにん》さんが大声をあげながらドサッという音と共《とも》にゴミ袋《ぶくろ》を手放すと、女はフッ……と、まるで最初《さいしょ》から存在《そんざい》していなかったかのようにいなくなりました。

「………嘘《うそ》じゃねぇか」

「は?」

「鳥なんかじゃねえだろ、これ。捨《す》てられていたの、あの女本人だろ……」

それからしばらくして管理人《かんりにん》さんは異動《いどう》になり、別《べつ》の管理人《かんりにん》さんが来ました。

引き継《つ》ぎはしっかりされたようで、ゴミ袋《ぶくろ》は今も必《かなら》ず1袋残《ふくろのこ》されています。

ぼくは何度も引っ越《こ》したいと両親に言いましたが、いまだにこの願《ねが》いは聞き入れてもらっていません。その代わりに、火曜日と金曜日のゴミ捨《す》てはお父さんが代わってくれています。

天原高原

小学3年の春休み。私《わたし》は家族で待ちに待った北の大地・H県へ旅行に出かけたのです。初《はじ》めての飛行機《ひこうき》に揺《ゆ》られること数時間、ついに降《お》り立ったH県は私《わたし》たちが暮《く》らしている都会とは何もかもが違《ちが》っていました。

驚《おどろ》いたのはその空気の美味《おい》しさ。都会よりも透明《とうめい》な感じがしたのが記憶《きおく》に残《のこ》っています。

でも、心に1番残《のこ》ったのは頭上にどこまでも広がっている真っ青な空。

都会と違《ちが》いこちらはそこまで大きい建物《たてもの》がないこともあって、視界《しかい》いっぱいに空が広がっていたのです。

「あかり、ほら行くよ~」

お母さんの声で我《われ》に返らなければ、私《わたし》は空に自分が落っこちてしまうような気持ちに飲み込《こ》まれていたかもしれません。

旅行は本当に楽しかったです。

お寿司《すし》やジンギスカンといった名物はほっぺが落ちるほど美味《おい》しくて、隣《となり》で食べていたお母さんは何度も「あー、幸せ……」とつぶやいていて、その様子になんだか自分まで嬉《うれ》しくなっていました。

旅行日程《にってい》の半分が過《す》ぎた頃《ころ》、私《わたし》たちはH県の真ん中あたりにある〝天原高原〟という場所に移動《いどう》しました。

天原高原は小高い丘《おか》の上にある巨大《きょだい》な高原。

鮮《あざ》やかな緑色の芝生《しばふ》と青い空、そして流れる雲。それ以外《いがい》はまるで存在《そんざい》しないかのような美しい景色《けしき》に、私《わたし》たち家族は到着《とうちゃく》してすぐに圧倒《あっとう》されました。

この美しい自然《しぜん》の中でゆっくりと過《す》ごす、お父さんとお母さんはそう計画していたようですが私《わたし》は違《ちが》いました。ネットの観光《かんこう》サイトで見つけたパラセーリング体験《たいけん》、これが1番の楽しみだったのです。ですが、全部が完璧《かんぺき》とはいかないものです。

「ごめんなさいねぇ、今パラシュートが破《やぶ》れちゃっていて……」

「いえいえ、いいんです！　また今度来たときの楽しみにとっておこうね、あかり」

残念《ざんねん》なことに今回宿泊《しゅくはく》した民宿《みんしゅく》でやっているというパラセーリング体験《たいけん》は、一時的《てき》に中止になっていたのです。

お父さんが貸《か》してくれたヘルメットや服につけて撮影《さつえい》する小さなカメラ『ミクロプロ』。旅行中いつもカバンに入れていたこのカメラを使う機会《きかい》がなくなってしまったのが残念《ざんねん》で、私《わたし》はその日、お母さんに泣《な》きついてしまいました。

お父さんとお母さんも最初《さいしょ》のうちは悲しんでいる私《わたし》を心配してくれましたが、私《わたし》が泣《な》き止《や》むとすぐに天原高原の美しさのほうに心惹《ひ》かれてしまったようでした。機嫌《きげん》を損《そこ》ねた私《わたし》などそっちのけでお酒を飲んで楽しそうに笑《わら》っていたのを覚《おぼ》えています。

民宿《みんしゅく》に泊《と》まって3日目の朝。

その日、早く目が覚《さ》めてしまった私《わたし》は気持ち良《よ》さそうにいびきをかいているお父さんとお母さんを横目に、1人部屋を出て1階ロビーのソファにカメラを手に座《すわ》っていました。

「あの……パラセーリングできなくてごめんね」

「えっ？」

諦《あきら》めきれない気持ちでボーッとしていた私《わたし》に声をかけてくれたのは、この民宿《みんしゅく》の手伝《てつだ》いをしている小学生の兄妹だったタカユキくんとセリちゃんでした。

「昨日《きのう》泣《な》いていたから」

「……あ、ごめんなさい。でも、もう大丈夫《だいじょうぶ》！」

「本当？　あのさ、よかったらこの後カイトを飛《と》ばすんだけど、一緒《いっしょ》にやってみない？　それに、君の持っている小さなカメラつけて飛《と》ばしたら楽しいかなって思ってさ」

お父さんとお母さんに内緒《ないしょ》で遊ぶのは良《よ》くない気もしました。でも、昨日《きのう》は自分だけご褒美《ほうび》を奪《うば》われたような悔《くや》しさがあって、その反発で少しいけないことをしてやろうという気持ちになっていたのです。私《わたし》は彼《かれ》らと一緒《いっしょ》に外で遊ぶことに決めました。

〝カイト〟というのは外国製《がいこくせい》の凧《たこ》のこと。糸を操作《そうさ》することで風をうまく捕《つか》まえ、カラフルな凧《たこ》を空に飛《と》ばして遊ぶのです。

「意外と簡単《かんたん》だし楽しいよ。ホラ、こうやって糸を持って走るとカイトが風を受けてグッと引っ張《ぱ》られるんだ。その感じがずっと保《たも》てる位置《いち》を探《さが》せばいいんだよ」

私《わたし》はそれまでカイトなんて見たこともありませんでした。それでも、タカユキくんが慣《な》れた様子でカイトを空に飛《と》ばすのを見ているうちに、あっという間に心を奪《うば》われました。

パタパタパタパタッ！

タカユキくんの持つカイト、そこから続《つづ》いているタコ糸はとても長く、とぐろを巻《ま》く蛇《へび》のようになっていたのが少し気になりましたが、誰《だれ》もいない朝の天原高原のきれいな風を受けて青い空に飛《と》び上がるオレンジ色のカイトを眺《なが》めていると、パラセーリングで飛《と》べなかった不満《ふまん》が心の中からすーっと消えていく気持ちがしました。

「すごーい！」

「あかりちゃんもやってみて！　そのカメラつけて飛《と》ばしてみようよ！」

小学校低《てい》学年のセリちゃんは、そう言って私《わたし》の持っているカメラに手を置《お》きました。

「ほらほら、もう少し！　腕《うで》を上げて走るんだよ！」

「ハァ、ハァ、ハァ！」

それから1時間ほど、見渡《みわた》す限《かぎ》りの原っぱを私《わたし》たち３人は必死《ひっし》に走りました。

フワッ……！

手に持った糸が引っ張《ぱ》られる感覚《かんかく》。

「浮《う》いたー！」

「すごいすごい！　本当にカメラついたままで飛《と》んだ！」

立ち止まって空を見上げると、オレンジ色のカイトがパタパタと空を飛《と》んでおり、私《わたし》が糸を動かすとカイトもゆっくりとついてきました。

「はは、飛《と》んだ……！」

「スマホにも映像映《えいぞううつ》っている！　よし！」

私《わたし》のスマホをあずけていたセリちゃんが、興奮《こうふん》気味にカイトについたカメラから送信《そうしん》される映像《えいぞう》を眺《なが》めていました。

パタパタパタパタパタッ……ヒュォ――――……。

聞こえるのは風になびくカイトの音だけ。私《わたし》とタカユキくんとセリちゃんは黙《だま》って空中のカイトを見つめていました。

視界全部《しかい》が空になってしまったような不思議《ふしぎ》な感覚《かんかく》。私《わたし》の操作《そうさ》で右左と動くカイトはまるで分身のよう……。

15分くらいそうしていると、タカユキくんがボソッと言ったのです。

「あの日もこんな感じだったよなー」

「うん。でも、今日こそ正体がわかるよ。カメラもあるんだし！」

セリちゃんとタカユキくんを見ると、２人は真剣《しんけん》な表情《ひょうじょう》で空を見ていました。まるで、何かを必死《ひっし》に探《さが》しているような……。

「あかりちゃん、実は謝《あやま》らないといけないんだ。パラセーリングさ、実はぼくがパパとママに内緒《ないしょ》でこの前穴《あな》開けたんだ。〝誰《だれ》かが空に隠《かく》されたら〟どうしようって思って」

「〝隠《かく》される〟ってどういう――」

グンッ!!

糸が突然《とつぜん》強く引っ張《ぱ》られ、視線《しせん》を空に戻《もど》した私《わたし》は目を疑《うたが》いました。

カイトが空に隠《かく》れていたのです。変《へん》な言い方ですが、空の一角が絵のようになっていて、その裏《うら》にカイトが隠《かく》れてしまい、タコ糸の先端《せんたん》だけが空に浮《う》かんでいたのです。目の錯覚《さっかく》かとも思いましたが、風とは違《ちが》ってどこかに落ちるように引っ張《ぱ》られるタコ糸の感覚《かんかく》は本物です。

「きた！　あかりちゃんまだ手離《はな》さないでね！」

「タカユキくん、これ何なの!?」

「わからない、わからないけど前にも同じことがあったの！　空のどこかに〝空に化けたエリア〟があるんだよ。それをずっと探《さが》していたんだ！」

2人が私《わたし》をからかっているのではないかと思いましたが、タカユキくんの興奮《こうふん》した表情《ひょうじょう》は冗談《じょうだん》には見えませんでしたし、私《わたし》のスマホを持って固《かた》まっているセリちゃんの顔には恐《きょう》怖《ふ》すら浮《う》かんでいました。

「お兄ちゃん……なんか、じ、地面がある」

「地面って?」

私《わたし》とタカユキくんの元にセリちゃんが駆《か》け寄《よ》ってきてスマホの画面を見せてきました。

そこに映《うつ》っていたのは上空から地面を見下ろしているような景色《けしき》でした。

「なにこれ……どういうこと?」

「あっ!」

瞬間《しゅんかん》、私《わたし》は思わずタコ糸を握《にぎ》る手を緩《ゆる》めてしまいました。すると、カメラのついたカイトはあっという間に空に落ちていき、タコ糸もスルスルスルッと音を立てて空に飲み込《こ》まれていったのです。そして、スマホ画面に映《うつ》し出される映像《えいぞう》では、カイトが地面に猛《もう》スピードで落下していきガシャン! という音を立てて激突《げきとつ》しました。

シュルルッ……。

タコ糸の最後《さいご》も空に消えました。

私《わたし》たちは言葉を失《うしな》い、手の震《ふる》えと手足が冷《ひ》えていくのを感じながら、スマホの画面を見つめていたのを覚《おぼ》えています。

おそらく、今見ている画面の向こうの景色《けしき》はこの世のものではない。その事実が私《わたし》を震《ふる》え上がらせました。

サクサクサク……。

「誰《だれ》かきた……」

私《わたし》たちがいるこの高原と同じような空の向こうの高原。そこに横たわるカメラに誰《だれ》かが近づき、ガサッとカメラを拾いあげたのです。

「なっ……え、これ……」

タカユキくんが絶句《ぜっく》したのも無理《むり》はありません。カメラに映《うつ》ったのは真っ黒な目をした〝私《わたし》たちにそっくりな子どもたち〟だったのです。

私《わたし》は慌《あわ》ててスマホをセリちゃんから奪《うば》いあげると録画《ろくが》のスイッチを切りました。

「ちょっと、なんで…?」

自分でもなぜ切ったのかわかりません。でも、直感的《てき》に彼《かれ》らに私《わたし》たちの存在《そんざい》がバレることが良《よ》くないと感じたのです。

翌日《よくじつ》、私《わたし》たち一家は天原高原を後にしました。

私《わたし》、そしてタカユキくんとセリちゃんはあのできごとを親たちに言えませんでした。カメラを失《な》くしてしまったことや、パラセーリングに細工をしたことも理由のひとつでしたが、大人に話すことであのできごとが現実《げんじつ》になってしまうような恐怖《きょうふ》から逃《に》げたかったのかもしれません。

ですが、恐怖《きょうふ》は私《わたし》を逃《のが》してはくれませんでした。

家に帰ってから数日後、お父さんのパソコンにあの民宿《みんしゅく》から感謝《かんしゃ》と記念《きねん》の写真が送られてきたのです。

「やっぱりあそこにカメラ忘《わす》れてきたんじゃないか、あかり。でも、送り返してくれるっていうから一安心だな。あれ、この写真なんか……」

民宿《みんしゅく》の前でカメラとカイトを持って微笑《ほほえ》むタカユキくんとセリちゃん。そして彼《かれ》らの両親の目は、あのときカメラに映《うつ》った連中《れんちゅう》と同じで真っ黒でした。

たのご利用をお

線香《せんこう》の母

「え、じゃあ村上も一緒《いっしょ》に行こうぜ！」

中学1年の夏。体育の授業《じゅぎょう》でやっていたハンドボールの試合《しあい》の合間、グラウンド脇《わき》のベンチにこしかけていたときに友人の森田が言ってきた。

「でも、水口とあんま話したことないよ、俺《おれ》。クラス違《ちが》うし」

「大丈夫《だいじょうぶ》だと思うけどなー。2人とも別《べつ》に話せるだろ。泊《と》まるやつ俺《おれ》だけってのがちょっと寂《さび》しいと思っていたからさ、村上が来てくれるならありがたいんだけど」

「まあ、そこまで言うならいいけど」

その日、俺《おれ》は森田と一緒《いっしょ》に、隣《となり》のクラスだった水口くんの家に泊《と》まることになった。

ただ、ひとつ気がかりがあった。それは俺《おれ》と水口くんとの関係《かんけい》だ。正直言って彼《かれ》とはあくまで〝友達《ともだち》の友達《ともだち》〟の関係《かんけい》。なのに、いきなり泊《と》まりというのは流石《さすが》に緊張《きんちょう》する。

一晩《ひとばん》遊べば打ち解《と》けるはずと森田に言われ、放課《ほうか》後に俺《おれ》は水口くんの家に向かった。

「でさー、この前田村がめっちゃこけたじゃん？　そのときの真似《まね》を吉田《よしだ》がしたんよ！」

「あはは、うまいもんなモノマネ！」

森田は気さくな性格《せいかく》をした良《い》いやつなのだが、ちょっとこういうところが抜《ぬ》けているというか、あまり相手の気持ちを考えられないところがある。普通《ふつう》ならほぼ初《はじ》めて話す俺《おれ》と水口くんの間を取り持つものだが、そんなこと頭にないという様子でゲラゲラ笑《わら》っていたのだ。むしろ水口くんのほうが森田より俺《おれ》の様子を気にしている始末《しまつ》だった。

そんなこんなで、家に着くまでにうまく距離《きょり》を縮《ちぢ》めることも叶《かな》わずに、俺《おれ》は水口くんの家に上がることになってしまった。

「じゃあ、上がって」

「こんにちは～」「今夜はお世話になります」

「ああ、いらっしゃい。森田くんと……」

「あ、急にすみません。はじめまして。村上守と言います」

「おお、ゆっくりしてってね〜！」

気さくにあいさつを返してくれたのは、その日休みだったという水口くんのお父さん。

あいさつを終えた俺《おれ》たちは手を洗《あら》った後、2階にある水口くんの部屋に上がっていった。

荷物を降《お》ろし、しばらくの間3人でダラダラと話していたのだが、やはり水口くんとは森田をはさまないとうまく会話が進まない印象《いんしょう》だった。自分から水口くんの趣味《しゅみ》などを聞ければよかったのだが、気がつけばすぐに夕飯《ゆうはん》の時間になってしまったのだ。

夕飯《ゆうはん》は俺《おれ》と森田と水口くんと彼《かれ》のお父さんの4人で取った。てっきりお母さんが後で帰ってくるものと思っていたがどうやらそうではない様子で、お父さんが出前でお寿司《すし》を取ってくれた。食後は再《ふたた》び部屋でゲームをしたり漫画《まんが》を読んだり、クラスの誰《だれ》かの話をそれぞれしながらダラダラと過《す》ごした。どうやら水口くんはスポーツとアニメが好《す》きなようで、そういう部分では話が合ったが、性格《せいかく》はいまいち読みきれないままであった。

「あの、水口くん、トイレって1階降《お》りたところ？」

「2階にもあるよ！　廊下《ろうか》出て階段《かいだん》と反対にまっすぐ行ったところ」

「あ、マジ！　ありがと。広い家だなぁー」

「そんなことないって」

「じゃあ、ちょっとトイレ行ってくるな」

「おーう」

「ごゆっくり」

冷房《れいぼう》の効《き》いていた部屋の外は夜でもじんわりと暑かった。

ペタペタペタ。

水口くんに言われたとおり廊下《ろうか》をまっすぐ進むと、すぐに目線の先にトイレと思《おぼ》しきドアが見つかった。そのとき、ふと視線《しせん》が横に向かい、廊下《ろうか》の左側《ひだりがわ》にある和室のふすまが開いているのを見つけてしまった。

そこは仏間《ぶつま》だった。

仏壇《ぶつだん》には笑顔《えがお》のキレイな中年女性《じょせい》の遺影《いえい》が飾《かざ》ってあった。

「ああ、そういうことか……」

食事のときに水口くんのお母さんがいなかった理由。

森田のやつにちょっと腹《はら》が立った。こういうことは事前にちょこっとでもいいから教えておいてほしかった。食事のときに、俺《おれ》が気づかずに「水口くんのお母さんはどこ行っているんですか？」なんて話題に困《こま》って話しかけていたら大変《たいへん》だったわけなのだから。

とはいえ、今こうして気がつけて本当に良《よ》かった。部屋に戻《もど》ったらこの話題は避《さ》けようとそう心に決めた。

トイレで用を足して戻《もど》り、ワイワイと過《す》ごして寝《ね》る時間を迎《むか》える。

俺《おれ》たちは布団《ふとん》を敷《し》いて川の字になって寝《ね》ることになったのだが、流石《さすが》に中学生３人が横になると少々狭《しょうしょうせま》く感じた。

その狭《せま》さもあって、俺《おれ》はうまく寝付《ねつ》けずにいた。

夜中の12時。さっきまで騒《さわ》いでいた空気がシーンと静《しず》まり返ると、自分が見知らぬ場所で寝《ね》ていることへの奇妙《きみょう》さが湧《わ》き上がってくる。

こういうときに気にせずグースカ寝《ね》られる森田が羨《うらや》ましい。

カチカチカチカチと鳴り続ける壁掛《かべか》け時計を見ながら、夕食後に目にしたあの仏間《ぶつま》と遺《い》影《えい》のことを思い出す。

きっと水口くんは相当悲しく寂《さび》しい思いをしたに違《ちが》いない。だから、森田みたいに明るいやつと一緒《いっしょ》だと心も和むのだろう。俺《おれ》ももっと水口くんと仲良《なかよ》くなれたらいいなぁ。

「幼稚園《ようちえん》のときにさぁ、お母さんが死んじゃったんだよね」

急に水口くんが森田を挟《はさ》んだ向こう側《がわ》の布団《ふとん》からそうつぶやいた。

「え、あ、ああ、そうなんだ」

「事故《じこ》で死んじゃったんだけどさ、本当突然《とつぜん》いなくなっちゃったんだよ」

「それは、辛《つら》かったね……。で、でも、今はお父さん楽しそうだし――」

「でもさぁ、お母さんまだこの家にいると思うんだよ」

「え?」

「思い出とかそういうことじゃなくてさ。うちのオヤジって仕事忙《いそが》しいから夜遅《よるおそ》いんだけど、そういうときに1人で家いるとさ、2階の廊下《ろうか》で足音するんだよね」

「ま、まじで？」

「うん。でさ、その足音聞いた夜にこうやって寝《ね》ようとするとね、お線香《せんこう》の匂《にお》いがしてくるんだ。隣《となり》の部屋、お母さんの部屋でそこで線香《せんこう》いつもあげているんだけど、なんかそれ思い出してさ」

「…………」

「だから、まだ見守ってくれているのかなぁーって。ごめんね、急にこんな話して」

「いや、別《べつ》に大丈夫《だいじょうぶ》だけど……」

「だから、もし足音聞こえてもさ、多分大丈夫《だいじょうぶ》だから」

そう言うと水口くんはモゾモゾと寝返《ねがえ》りを打ち、寝息《ねいき》を立て始めた。

いやいや、ちょっと待ってくれよ……こんな話されて寝《ね》られるわけないじゃん、と水口くんにツッコミでも入れたくなったが、その相手はもう眠《ねむ》りに落ちてしまっている。

俺《おれ》は水口くんが聞いたという足音と、嗅《か》いだという線香《せんこう》の匂《にお》いについてグルグルと思いを巡《めぐ》らせた。いい香《かお》りではあるけれど、決して手放しで落ち着けるわけではないあの香《かお》り。必《かなら》ず〝死〟が近くにあるあの香《かお》りを嗅《か》いでそんなことが言える水口くんは、いったいどれほど傷《きず》ついているのだろう。そう考えているうちに、線香《せんこう》の匂《にお》いのイメージがどんどん強くなってきていた。

いや、違《ちが》う。本当に部屋の中で線香《せんこう》の匂《にお》いがしていたのだ。

ギシッ……ギシッ……ギシッ……ギシッ……。

廊下《ろうか》の外をゆっくりと歩く足音が聞こえた。

マジかよ……冗談《じょうだん》だろ。本当に現《あらわ》れたじゃん。どうすればいいんだ。2人を起こすわけにもいかないし。

ピシャ。ポタタッ。

足音に混《ま》じって、何かがしたたる水音がした。

え、なんで？　確《たし》か水口くんのお母さんは事故《じこ》で亡《な》くなったんだよな。だったらなんでこんな水音がするんだ。十数分悩《なや》んだ結果《けっか》、俺《おれ》は確《たし》かめることにした。

やめたほうが良《い》いと言う人はいるだろう。自分でもそう思う。でも、俺《おれ》はゆっくりと廊《ろう》下《か》に顔を出してしまったのだ。

ツンと強くなる線香《せんこう》の香《かお》り。

ポタッ……ポタッ……ポタッ……ポタッ……。

したたり続《つづ》ける水の音。

そのどちらもが、あの仏間《ぶつま》から放たれていた。

俺《おれ》はいったい何をしているんだ……今すぐ部屋に戻《もど》れ。そう心は叫《さけ》ぶものの、好奇心《こうきしん》に突《つ》き動かされた腕《うで》はすでに仏間《ぶつま》の引き戸に手をかけており、スス……ッと音もなく開けてしまった。

人が歩いていた。

廊下《ろうか》から差《さ》し込《こ》む月明かり以外《いがい》真っ暗な部屋の中で、薄汚《うすぎたな》い肌着《はだぎ》を着た男がうつむいたままノロノロと歩き回っていた。

ポタッ……ポタッ……ポタッ……ポタッ……。

その口からはよだれが垂《た》れていた。

「うっ……！」

思わず仰《の》け反ると背中《せなか》がドスッと誰《だれ》かにぶつかった。振《ふ》り返ると、水口くんのお父さんがいつの間にかそばに立っていた。

「越《こ》してきたときからいるんだよ、あいつ。多分、前の住人じゃないかなぁ。でも悪さはしないから。母親亡《な》くして息子も悲しんでさ。そのうち『オヤジ、線香《せんこう》の匂《にお》いと足音がする。お母さんが来てくれてるんだよ！』って笑《わら》うようになってさ。だから、村上くん。このこと、あいつには黙《だま》っていてくれるかい？」

翌朝《よくあさ》、水口くんと森田は朝から元気だった。とりわけ、水口くんはクンクンと鼻を鳴らしてまだ部屋に微《かす》かに残《のこ》る線香《せんこう》の香《かお》りを嗅《か》いだあと、俺《おれ》に微笑《ほほえ》んだ。

俺《おれ》は黙《だま》ってその様子を見ていた。あれ以来《いらい》、水口くんの家には行っていない。

視《み》える子

『霊感《れいかん》があるということはあまり言いふらさないほうがいい』。私《わたし》は心からそう思います。

当時、中学生だった私《わたし》は学校のやんちゃグループのメンバーだった男子のコウジくんと付《つ》き合っていました。正直、グループ自体は好《す》きではなかったのですが、コウジくんはギターが上手《うま》くて頭も良《い》い人で、２人きりで話すとすごく優《やさ》しかったので恋《こい》に落ちてしまったのです。初《はじ》めての彼氏《かれし》ということもあって、私《わたし》はそれまで仲《なか》の良《よ》かったグループと遊びつつも時々《ときどき》コウジくんのグループからお誘《さそ》いがあると、カラオケなどに一緒《いっしょ》に遊びに行っていました。

その話を聞いたのは、まさにそういう誘《さそ》いを受けてカラオケで遊んでいるときでした。

ひとしきり持ち歌や流行《はや》っている歌を歌い終わると、話題は先生への愚痴《ぐち》やクラスメイ

ト の 噂話《うわさばなし》に移《うつ》りました。こういうゴシップ話は好《す》きじゃありませんでしたが、リーダー格《かく》のマサトくんが話を回すといつもこうなってしまうのです。ですが、その日はいつもと少し違《ちが》いました。というのも、マサトくんがこんなことを言い始めたのです。

「そういやさ、この前卒業《そつぎょう》した先輩《せんぱい》と話していたらちょっと怖《こわ》い話聞いたんだ。あのさ、町外れにおもちゃ屋の廃墟《はいきょ》あるじゃん、あそこ実は心霊《しんれい》スポットだって知ってた？　あそこ行くと廃人《はいじん》になるらしいぜ。まあ、全員じゃないみたいだけどな。で、そういう事件《じけん》が起きるとなぜかおもちゃ屋の解体《かいたい》業者が来るんだけど、1ヶ月すると不思議《ふしぎ》といなくなるらしい。気にならん？　今度の休みにみんなで行こうぜ」

「私心霊《わたししんれい》スポットって初《はじ》めてかも！」

嬉《うれ》しそうにはしゃぐマサト君の彼女《かのじょ》のメルちゃん。そんな盛《も》り上がった空気を壊《こわ》さないようにしつつ、コウジくんが口を挟《はさ》みました。

「廃墟《はいきょ》でも勝手に入ると警察《けいさつ》に捕《つか》まるらしいよ。その辺《あた》り大丈夫《だいじょうぶ》なの？　さすがに不法侵入《ふほうしんにゅう》は嫌《いや》だなぁー」

マサトくんは彼《かれ》の言葉を待ってましたとばかりに話を続《つづ》けました。

「そう思うだろ？　でも、その廃墟《はいきょ》の入り口に『出入り自由です』って持ち主の会社が書いた看板《かんばん》があるらしいんだよ。俺《おれ》も誰《だれ》かのいたずらかと思ったけど、会社の電話番号も書いてあるらしくて、先輩《せんぱい》がかけたらマジで出たらしいのよ。おもしろそうやろ？　マジで行こうぜ！」

「えー、じゃあリンナも呼《よ》んでみる。あの子霊感《れいかん》あるらしいし、守ってくれそうじゃない？」

メルちゃんが呼《よ》ぼうとしているリンナという子。実は昨年私《さくねんわたし》と同じクラスだったのですが、その印象《いんしょう》はあまりいいものではありませんでした。

あるときは『お母さんの知り合いから聞いたんだけど……』と別《べつ》のクラスの子の悪口を匂《にお》わせ、またあるときは占《うらな》いに詳《くわ》しいからと皆《みんな》の運勢《うんせい》を占《うらな》い不安《ふあん》にさせる。リンナはメルちゃんのような子にちやほやされるために次々《つぎつぎ》と口からでまかせを言うクセがあり、私《わたし》はそれがどうにも苦手だったのです。私《わたし》は早々《そうそう》に彼女《かのじょ》の嘘《うそ》に気がついて距離《きょり》を置《お》いていたのですが、他の女子の間では一目置《お》かれる存在《そんざい》として扱《あつか》われていました。

「今度は霊感《れいかん》持ち設定《せってい》か」

「え、なんか言った？」

「ううん、なんでもない。じゃあ、いつ行く？」

あっという間に翌週《よくしゅう》の土曜日におもちゃ屋への肝試《きもだめ》しが決まりました。

「夜は霊《れい》が集まりやすいから絶対《ぜったい》にダメ！」。リンナからの強い希望《きぼう》で、当日は13時に駅前集合となりました。

私《わたし》たちの住む県は田舎《いなか》で、街《まち》から街《まち》へつながる道路には中古車の販売店《はんばいてん》やファミレスがあるくらい。こんなところに本当に怖《こわ》い心霊《しんれい》スポットなんてあるのかな……何もないロードサイドを駅から歩くうちにそんなことを考えていました。

「お、あれだわ、たぶん」

20分くらい歩いた頃《ころ》でしょうか。スマホで地図を見ながら案内《あんない》していたマサトくんが指《ゆび》差《さ》した先には、大きめのファミレスのようなシルエットの建物《たてもの》がありました。

「思っていた以上《いじょう》にボロボロだな……」

そのおもちゃ屋は1階建《かいだ》てのようでしたが、車で来る人にもわかりやすいように道路に面した側《そば》の屋根の一部がまるで塔《とう》のように飛《と》び出しており、そこには日に焼《や》けたボロボロの文字で『おもちゃ』と書かれていました。

「あ、これ……」

見つけたのは敷地《しきち》の入り口に雑《ざっ》に建《た》てられた木製《もくせい》の手書き看板《かんばん》。

『肝試《きもだめ》しにこられた方、廃墟探索《はいきょたんさく》にこられた方へ。出入り自由です。お体に気をつけて。天満株式会社《てんまかぶしきがいしゃ》　●●ー●●●●ー●●●●』

単《たん》なる噂話《うわさばなし》が、一気に本当なのかもしれないという実感をもって浮《う》かび上がる、そんな恐怖《きょうふ》を感じました。

霊感《れいかん》があるというリンナも心のどこかではでまかせだろうと思っていたのでしょう。横目で彼女《かのじょ》を見ると『信《しん》じられない』と言わんばかりの表情《ひょうじょう》でした。しかし、私《わたし》が見ているのに気づくと、すぐに眉間《みけん》にしわを寄《よ》せてこう言ったのです。

「やっぱり噂《うわさ》通り危険《きけん》な霊気《れいき》に満《み》ちているよ……離《はな》れないでね」

１人先頭を進んでいくリンナを追いかけるように、私《わたし》たちはおもちゃ屋に入りました。

「奥《おく》の方は解体《かいたい》されているけど、噂《うわさ》通り途中《とちゅう》でストップしている感じがあるね……」

外が明るいので怖《こわ》さはあまりないかと思っていましたが、さすがに廃墟《はいきょ》の中で数分間も無言《むごん》で歩き回っているとその迫力《はくりょく》に驚《おどろ》かされます。

割《わ》れた窓《まど》ガラス、砂埃《すなぼこり》だらけの床《ゆか》、背《せ》の高い棚《たな》の数々《かずかず》。たくさんのおもちゃとお客さんであふれかえっていたのでしょう。しかしそのどれもが消え去ってしまった過去《かこ》の影《かげ》のようで、なんだか気味が悪いのです。〝今を生きる人が来るべき場所じゃない〟例《たと》えるならそんな感じです。

「……廃墟《はいきょ》になってからだ」

リンナの急なセリフでジャリジャリと歩いていた皆《みんな》の足が止まりました。

「ここに入ったときからこの気持ち悪い気配がなんなのかずっと探《さぐ》っていたんだけど、今見えたの。小さな女の子がこの廃墟《はいきょ》で誰《だれ》かに襲《おそ》われて……その霊《れい》が『助けて』って」

ゴソッ。

一瞬《いっしゅん》、背後《はいご》の棚《たな》から誰《だれ》かが動いたような音がして私《わたし》は振《ふ》り返りました。皆《みんな》も棚《たな》の方に目線を向けると、私《わたし》のリアクションに乗っかるようにリンナはこう言ったのです。

「そこだ、そこで亡《な》くなったんだ」

彼女《かのじょ》は皆《みんな》をかき分けながらグイッと前に出て、いつの間にか手につけていた数珠《じゅず》を顔の前に掲《かか》げると悲しそうに「もう大丈夫《だいじょうぶ》……大丈夫《だいじょうぶ》だから……」とつぶやき出しました。

さすがにこのリアクションは心霊《しんれい》番組の見過《す》ぎです。私《わたし》、そしてコウジくんとマサトくんも『参《まい》ったなぁ』と言わんばかりの苦笑《にがわら》いを浮《う》かべていましたが、メルちゃんはすっかり信《しん》じ込《こ》んでいるようで一緒《いっしょ》になって手を合わせています。その気持ちを台無《だいな》しにしてしまうのもかわいそうなのでこのまま話を合わせるか、そう思ったときでした。

2つ向こうの棚《たな》の上から、細長い顔に貼《は》り付《つ》いた巨大《きょだい》な目がこちらをのぞき込《こ》んでいるのに気がつきました。

ギョッとして視線《しせん》を足元に落としましたが、もしかするとおもちゃ屋に置《お》き去りにされたマスコットなのではという考えがよぎり、なんとか声が出るのを我慢《がまん》しました。しかし、見間違《まちが》いという考えはすぐに違《ちが》うとわかりました。

「ミエテルノカァ？」

しゃべったのです。

「辛《つら》かったよね……でも、もう大丈夫《だいじょうぶ》。安らかに眠《ねむ》ってね」

リンナとメルちゃんはまだ祈《いの》っており、男子たちも気まずそうに立ったまま。

え、見えているのは私《わたし》だけ？　全身を刺《さ》すような恐怖《きょうふ》が包《つつ》みました。

「ミエテルノカァ？」「ミエテルノカァ？」「ミエテルノヨナァ？」

棚《たな》の向こうの声の数がブワッと増《ふ》え、ゴソゴソと近づいてくる気配がしました。

自分たちが見える人を探《さが》している？　見られていることがバレたらやばいってこと？

私《わたし》は静《しず》かに深呼吸《しんこきゅう》をすると、気持ちを落ち着かせながら必死《ひっし》に考えました。

大丈夫《だいじょうぶ》、私《わたし》が見えていることには気がついていない……そうか、リンナか。彼女《かのじょ》が自分たちを見えると疑《うたぐ》っているんだ。でも、どうしたらいいんだろう……。

ゆっくり視線《しせん》を上げた私《わたし》の目に、それは飛《と》び込《こ》んできました。

異常《いじょう》に細長い顔と手足。蜃気楼《しんきろう》のように輪郭《りんかく》のぼやけた巨大《きょだい》な目を持つ何かが、信《しん》じられないほど大きく口を開けて笑《わら》いながらリンナを見下ろすように取り囲《かこ》んでいたのです。

「ううう!　うううううううううう……!!」

リンナはその場に倒《たお》れて暴《あば》れ始めました。心配するメルちゃん、マサトくん、コウジくん。その様子がなんだか虚《むな》しく思えました。だって、もう助からないのに。

ブチッ。

何かがちぎれるような音がすると彼《かれ》らはいなくなり、リンナの叫《さけ》び声も止まりました。

「おい、リンナ……大丈夫《だいじょうぶ》か?」

「どうしたの?　こわいんだけど……リンナ、どうしたの?」

私《わたし》は力が抜《ぬ》けてその場にへたり込《こ》んでしまいました。それからの記憶《きおく》はぼんやりとしています。誰《だれ》かが救急車《きゅうきゅうしゃ》を呼《よ》び、あっという間に大人が駆《か》けつけてリンナは病院に運ばれました。私《わたし》たちは学校やいろんな大人にそれはもう怒《おこ》られました。

結局《けっきょく》、リンナは学校に戻《もど》ってきませんでした。

あとで家族から聞いたのですが、昔あそこには古びた神社があったそうです。しかし、誰《だれ》かの火の不始末《ふしまつ》による火事で全焼《ぜんしょう》。その跡地《あとち》に建《た》ったのがあのおもちゃ屋だったのです。その後、店に来るお客さんがリンナのようにおかしくなる事件《じけん》が立て続《つづ》けに起き、結局《けっきょく》店は廃業《はいぎょう》。すぐに解体《かいたい》工事が進められたのだそうです。しかし、その作業員からも犠牲者《ぎせいしゃ》が出たことで工事はストップ。あっという間に心霊《しんれい》スポット扱《あつか》いになったのだとか。

『1ヶ月すると不思議《ふしぎ》といなくなるらしい』

これは私《わたし》の推測《すいそく》ですが、あの何かは犠牲者《ぎせいしゃ》が出て1ヶ月間は大人しくなるのでしょう。看板《かんばん》を用意して心霊《しんれい》スポットの噂《うわさ》に釣《つ》られた人を招《まね》き入れる。そして犠牲者《ぎせいしゃ》が出たら、そこからの1ヶ月間で解体《かいたい》を進める。実際《じっさい》、リンナが入院した直後に工事が来ていました。『霊感《れいかん》がある』。その言葉を聞いているのは、何も生きている人間だけじゃないのかもしれません。私《わたし》はその言葉を聞くたびにリンナのことを思い出すのです。

木霊《こだま》

あれは夢《ゆめ》だったのか、それとも本当のことだったのか……。

みなさんにもそんな不思議《ふしぎ》な記憶《きおく》が1つや2つはあるのではないでしょうか。

大抵《たいてい》の場合人は「やっぱり夢《ゆめ》だったに違《ちが》いない」と決めつけ、ズレてしまった日常《にちじょう》のバランスを取り戻《もど》そうとするものです。

ですが稀《まれ》に、どうしても「夢《ゆめ》」なのか「現実《げんじつ》」なのか考え続《つづ》けることがやめられず、何度も頭の中で〝木霊《こだま》〟のように現《あらわ》れ続《つづ》ける記憶《きおく》というものもあるのです。

これは、私《わたし》が小学生だった昭和の頃《ころ》に体験《たいけん》したお話です。

私《わたし》が通っていた小学校の裏手《うらて》には、整備《せいび》の進んだ今では考えられないほどたくさんの木々《きぎ》が生えている場所がありました。

そんな場所の奥《おく》の奥《おく》。ちょっとした雑木林《ぞうきばやし》のようになっている場所に、1本の松《まつ》の木が生えていたのです。

その松《まつ》の木は私《わたし》がこの小学校に入るずっと前からそこに生えていたそうで、長らく生徒《せいと》たちの間で〝お化けの木〟と呼《よ》ばれていました。

なんで松《まつ》の木にそんなあだ名をつけたのか。それにはきちんと理由があります。

松《まつ》の木というのは、木の表面がかさぶたのようにゴツゴツとしているものですが、その複雑《ふくざつ》な表面が時々《ときどき》〝人の顔〟のように見えることがあります。

〝お化けの木〟もそう見えることで有名だったのです。いえ、正確《せいかく》に言うなら見えたのは人の顔というよりも、腰《こし》をかがめて立っているおじいさんの全身に見えたのです。

そして、不思議《ふしぎ》なことにコケの生えた木の表面がうまいことおじいさんの髪《かみ》の毛やロヒゲに見え、その姿《すがた》は偶然《ぐうぜん》にも校長先生とそっくりだったのです。そのため、私《わたし》たちの学年では〝お化けの木〟という呼《よ》び名よりも〝木の校長〟で通っていました。

ここまでなら不思議《ふしぎ》な偶然《ぐうぜん》もあるものだと思うだけかもしれません。しかし、これだけならこの思い出についてここまで長い間考えるようになったりはしません。

その木の校長先生はしゃべったのです。

私《わたし》たちが木の前で休み時間を過《す》ごしていたりすると、どこからともなくおじいさんのような声で『あまり走り回るのはやめなさい』とか『みなさん今日もごきげんですね』とか、そんな風に話しかけてきたのです。

それに、私《わたし》の記憶《きおく》が正しければ、木はただしゃべっただけではありませんでした。姿《すがた》が変《か》わるのです。

ある日はどこかに腰掛《こしか》けたような形。ある日は立ち上がってこちらを見ているような形。ある日は私《わたし》たちに背《せ》を向けたような形。学校に来るたびに木の校長先生の姿《すがた》が変《か》わっていたのです。

そんな不思議《ふしぎ》なことがあれば学校中で大騒《さわ》ぎになるのではないか、そう疑問《ぎもん》を抱《いだ》く人もいるでしょう。確《たし》かに、今思えば私《わたし》もそういう大騒《さわ》ぎになっていなければ筋《すじ》が通らないと思います。

けれど、私《わたし》の記憶《きおく》が確《たし》かであるならば、そういった騒《さわ》ぎが起きたことはあのときまでありませんでした。木の模様《もよう》が校長先生に見えてその声まで聞こえていたにもかかわらず、皆《みんな》それを当たり前のように受け入れていたのです。

むしろ、そのことはあまり大人には言いふらしたくない、できることなら私《わたし》たち低《てい》学年の子たちの間だけの秘密《ひみつ》にしたいという気持ちすら抱《いだ》いていたのを覚《おぼ》えています。

〝お化けの木〟は、私《わたし》たちの日常《にちじょう》に当たり前のように入り込《こ》んでいました。

「今日の木の校長は機嫌《きげん》が良《よ》かったから、算数の授業《じゅぎょう》もうまくいきそうだね！」

「今朝の木の校長はお説教《せっきょう》をしてきたから、きっと午後の授業《じゅぎょう》で悪いことが起きるかも」

毎日変《か》わるその姿《すがた》を占《うらな》いがわりにしていたなど、木の校長との思い出はたくさんあります。一方で私《わたし》たちにとって本当の校長の思い出はほとんど無《な》いに等《ひと》しいものでした。

きっと小さかったからあまり覚《おぼ》えていないのだ、と言えばそれまでですが、小柄《こがら》なパッとしない姿《すがた》をした人だった、というぐらいしか思い出せないのです。

さっき〝騒《さわ》ぎが起きたことはあのときまで一度もない〟と言いましたが、これには理由があります。

というのも一度だけ木の校長について大騒《さわ》ぎが起きたのです。

それは、ちょうどその年が終わる頃《ころ》に起きました。

「お化けの木が、木の校長が本当のお化けになっちゃったぁー!!」

授業《じゅぎょう》の合間の休み時間。外で遊んでいた同級生の女の子が、泣《な》きながら教室にかけ込《こ》んできたのです。

私《わたし》たちが慌《あわ》てて木の様子を見に行って目にしたのは、驚《おどろ》くべきものでした。

お化けの木の表面はボロボロで腐《くさ》ったようにささくれ立っており、木の校長に見えていた部分はすっかり崩《くず》れてしまっていたのです。

そして、それよりも恐《おそ》ろしかったのが、木の校長の目玉の部分が大きく膨《ふく》れ上がり、口に見えていた部分は顎《あご》が外れたかのようにバカァッと開いて、大きな穴《あな》ができていたことです。

まるで、内側《うちがわ》から何かがボコボコと膨《ふく》らんできているかのような恐《おそ》ろしい姿《すがた》でした。

「オオォォォォォ……オオォォォォォォ……」

そして、いつも私《わたし》たちに優《やさ》しく話しかけていた木の校長の声は、低《ひく》いうなり声のように変《か》わり果《は》てていたのです。

以来《いらい》、私《わたし》たちは不気味《ぶきみ》に思ってお化けの木には近づかなくなりました。

そんなできごとがあった次の週。

学校に行くとお化けの木は業者が来て、切り倒《たお》されて無《な》くなっていました。

私《わたし》たちは突然《とつぜん》消えてしまったその光景《こうけい》にあ然《ぜん》とするしかできませんでした。

そして、お化けの木が切り倒《たお》されてから起きた不思議《ふしぎ》なできごとがもうひとつあります。

それは、その日から本物の校長先生が全くの別人《べつじん》になっていたということです。

あの影《かげ》の薄《うす》い校長ではなく、見たこともない小太りのおじいさんに変《か》わっていたのです。

当然《とうぜん》、私《わたし》たちは「前の校長先生はどこに行ったんですか？」と聞いたのですが、どの先生も「何を言っているの？　校長先生は前からこの人でしょ」と言うばかりでした。

そんなわけはない！　なんで先生たちは皆《みんな》して私《わたし》たちをダマすのだ！　そう言って泣《な》き

くれたのです。

始める子まで出てしまい、先生は渋々《しぶしぶ》校長室に生徒《せいと》を連《つ》れて行き、昔のアルバムを見せてくれたのです。

そこに写っていた校長先生は、私《わたし》たちの目の前にいる小太りのおじいさんでした。授業参観《じゅぎょうさんかん》やお遊戯《ゆうぎ》会。きちんと覚《おぼ》えている思い出の景色《けしき》にもかかわらず、校長先生だけが全く知らない人になっていたのです。

何かの催眠《さいみん》でもかけられていたのか。集団《しゅうだん》で同じような幻覚《げんかく》でも見ていたのか。

次第に先生たちの間にも不安《ふあん》と恐怖感《きょうふかん》が漂《ただよ》い始めたとき、最初《さいしょ》にお化けの木の異変《いへん》に気がついた子が「キャア！」と金切り声をあげて、アルバムの中のある写真を指差《ゆびさ》しました。

彼女《かのじょ》が指差《ゆびさ》した写真は、ある年の運動会が終わった後にグラウンドで全校生徒《せいと》、先生を含《ふく》めて撮《と》った集合写真でした。

「なに、大きい声出して？」

「このっ……ここっ！　ここにいる！　あの校長先生が！」

生徒《せいと》や先生が笑顔《えがお》で並《なら》んでいる背後《はいご》、校舎《こうしゃ》2階の窓《まど》のところに、私《わたし》たちのぼんやりとした記憶《きおく》の中にいた〝あの校長先生〟がぼやけた姿《すがた》ではありましたが写り込《こ》んでいたのです。

「誰《だれ》だこれ？　なんで見知らぬ人間が学校に入り込《こ》んでいるんだ？」

先生たちもザワつき始め、子どもたちの幻覚《げんかく》だったと考えられていたその話は一気に不《ふ》可解《かかい》な真実に姿《すがた》を変《か》えていったのです。

しかも、恐《おそ》ろしいことにアルバムを改《あらた》めて見てみると、何枚《まい》もの写真の背後《はいご》にあの校長先生が小さく写り込《こ》んでいました。

あるときは画面の端《はし》っこ。あるときは生徒《せいと》たちの後ろ。必《かなら》ずぼんやりとピントが合っていなかったり顔が見えなかったりすることが、逆《ぎゃく》に恐怖《きょうふ》をかき立てました。

その後、私《わたし》たちは〝お化けの木〟と〝木の校長〟の思い出について、先生たちにきちんと伝《つた》えることにしました。

それを聞いた先生たちが果《は》たして全部を信《しん》じてくれたのかは謎《なぞ》ですが、少なくとも深刻《しんこく》な表情《ひょうじょう》で黙《だま》って聞いてくれていたのは覚《おぼ》えています。

その後、先生たちや市の職員《しょくいん》のような人、果《は》ては警察《けいさつ》まで来て色々《いろいろ》と何かしらの調査《ちょうさ》がされたようですが、その結果《けっか》を私《わたし》たちが知ることはありませんでした。きっと、皆《みんな》に伝《つた》えられるようなはっきりとした答《こた》えは得《え》られなかったのでしょう。

いつしか、先生たちはあの〝お化けの木〟と〝写真に写っていた校長先生〟について話すことはなくなりました。ですが、私《わたし》はどうしてもこのできごとが気になり続《つづ》け、ことあるごとにあのお化けの木が切り倒《たお》された場所に足を運んだのです。

背《せ》が高かった松《まつ》の木は見る影《かげ》もなく、残《のこ》されたのは子どもでも腰掛《こしか》けられるような低《ひく》い切り株《かぶ》だけ。私《わたし》は見に行くたびに自分の記憶《きおく》が誰《だれ》かにいじられていたかのような気持ち悪さを感じました。

そしてある日、切り株《かぶ》には神様や悪いものを封《ふう》じ込《こ》めておくときに付《つ》ける、〝しめ縄《なわ》〟と呼《よ》ばれる縄《なわ》が巻《ま》かれていました。

それから数ヶ月が経《た》ったある日。私《わたし》は気分が悪くて午後から保健室《ほけんしつ》にいました。開け放たれた窓《まど》からは風がそよそよと吹《ふ》き込《こ》み、私《わたし》はそれを感じながらグラウンドやその奥《おく》の雑木林《ぞうきばやし》で鬼《おに》ごっこをしている同級生を眺《なが》めていました。

ガラガラガラ。

外に出ていた保健室《ほけんしつ》のおばさんが戻《もど》ってきて、私《わたし》に「もうすぐ良《よ》くなるから、またあそこの雑木林《ぞうきばやし》で走り回れるわよ」と言いました。

「あのお化けの木ってなんで切っちゃったんですか？」

突然《とつぜん》、そんな言葉が口から漏《も》れました。

「詳《くわ》しくは知らないけれど、木の病気にかかっちゃっていたらしいわよ。皆《みんな》大騒《さわ》ぎしていたものねぇ、あのとき。植えられてからちょうど100年経《た》っていたらしいから、残念《ざんねん》よねぇ」

長い年月が経《た》った物には魂《たましい》が宿り、それらは〝ツクモガミ〟と呼《よ》ばれるそうです。

私《わたし》にはあの木から、長い年月をかけて〝何か〟が出てきたように思えてなりません。

それは何を目的《もくてき》に現《あらわ》れ、なぜ写真に写り込《こ》んだのでしょう。

単《たん》なる夢《ゆめ》であってほしい。

私《わたし》はこの記憶《きおく》を思い出すたびにそう感じます。

信号機《しんごうき》の女

引っ越《こ》しのときに大事なことはなんだろう。

家の間取り、日当たりの良《よ》さ、それとも家賃《やちん》でしょうか。

そのどれも間違《まちが》ってはいないと思う。

けれど、私《わたし》はそれ以上《いじょう》に〝その土地のルール〟を知っておくことも大事だと思う。


中学1年の春、クラスメイトのここみがついに引っ越《こ》した。

彼女《かのじょ》とは小学校のときからの友達《ともだち》で、私《わたし》はよく当時ここみの一家が暮《く》らしていたマンションに遊びに行っていた。

おしゃれな小物やランプなどで美しく彩《いろど》られたその家は、私《わたし》にとって夢《ゆめ》の空間だった。

そんな彼女《かのじょ》の一家が越《こ》した新居《しんきょ》はどんな場所なのか。私《わたし》は本人以上《いじょう》に舞《ま》い上がっていた。

その週の土曜日。私《わたし》はここみに誘《さそ》われて越《こ》したばかりの家に遊びに行かせてもらうことになり、学校帰りにここみのお母さんと合流して、夕飯《ゆうはん》の買い出しに出かけた。

普段《ふだん》は行かないというちょっとお高めのスーパー。カートを押《お》しながらここみのお母さんがカゴに入れていくのは、私《わたし》たちの一家なら買わないような珍《めずら》しいものばかりだった。

「大したご馳走《ちそう》は作れないけど許《ゆる》してね」

「絶対《ぜったい》そんなことないですよ、私《わたし》にはわかる！」

買い物を終えた私《わたし》たちはここみのお母さんが運転する軽自動車に乗り込《こ》むと、人通りの少ない街中《まちなか》をしばし走った。

20分近く走った後、車を降《お》りた私《わたし》は目の前にそびえるレトロな趣《おもむき》のある8階《かい》建《だ》てのマンションを眺《なが》めていた。

「へー、なんかもうおしゃれだなぁ」

「ほら、皆《みんな》買った物持って～」

「あ、はーい」

エレベーターでマンションの4階に上がり、私《わたし》はついに新居《しんきょ》のドアをくぐった。

「マジかよ……」

私《わたし》を包《つつ》み込《こ》んだのは、おしゃれな照明《しょうめい》が生み出すオレンジ色の光と、ふわっと鼻を抜《ぬ》けるお香《こう》のいい匂《にお》い。

「いや、おしゃれすぎでしょ……外国の雑貨屋《ざっかや》じゃんこんなの。ここみの部屋は？」

「こっち～」

センスのいい机《つくえ》にイス、私《わたし》たちが好《す》きな映画《えいが》やアニメのポスターまで、かっこいい額縁《がくぶち》に入れて飾《かざ》ってあった。

「天国かよ」

「なにサボっているの2人とも。早くご飯《はん》作るから手伝《てつだ》って～！」

そうして私《わたし》とここみは彼女《かのじょ》のお母さんの指示《しじ》のもと豪華《ごうか》な晩《ばん》ご飯《はん》を作り、夜には帰ってきたお父さんも交えて夕食を満喫《まんきつ》した。

食後はリビングでお父さんオススメの映画《えいが》まで楽しみ、ソファでぼーっとしながら『あとは部屋で女子トークを楽しむか』なんてことを思っていると、ここみがこう言った。

「あれ～……お昼の買い出しでお菓子《かし》とかお茶買ってくるの、忘《わす》れたかも……」

「うそ、てっきりカゴに入れたと思っていたわ……。まあ、しょうがないか、私《わたし》買いに行ってくるよ」

「あら、ダメよ、お客さんなんだから」

「いえ、マジでこんな美味《おい》しいご飯《はん》ごちそうになって、コンビニにも行かないのは流石《さすが》に人としてマズい気がしますので」

「あらそう、じゃあこれでお願《ねが》いできる？」

私《わたし》はお母さんが渡《わた》してくれた3000円を受け取ると、「一緒《いっしょ》に行くよ」と申し出てきたここみを制《せい》して1人外に出た。

夜風がヒューッとほほをなでる。

美味《おい》しい夕食と楽しい空間で熱《ねっ》っぽくなっていた体にはちょうど良《よ》い涼《すず》しさだった。

コンビニは大通りを出てからまっすぐ行ったところにあったはず、そう思っててくてくと歩いていたが見知らぬ土地に徐々《じょじょ》に不安《ふあん》を覚《おぼ》え始めた私《わたし》は、地図でも見ようとポケットに手を入れた。

「あれっ、うそ、マジかよ……」

突《つ》っ込《こ》んだポケットの中は空っぽ。スマホはここみの部屋に置《お》いたままだった。

「まあ、大丈夫《だいじょうぶ》か……」

勘《かん》を頼《たよ》りにマンション前の小道を曲がり、お昼に車で通った大通りに出る。

見覚《みおぼ》えのある景色《けしき》に一安心したとき、昼とは異《こと》なる景色《けしき》の違和感《いわかん》に気がついた。

道を間違《まちが》えた。

一瞬《いっしゅん》そう思ったのも無理《むり》はない。辺《あた》りの雰囲気《ふんいき》がまるで違《ちが》ったのだ。

通りに人が全くいなかったのである。

部屋を出たときの時間はまだ夜の9時半過《す》ぎ。

夜ではあるが人が出歩かないほどの深夜ではなかったはず。ましてや、こんな都心で人っ子1人いないなんて普通《ふつう》ではないだろう。

飲食店などがあるエリアから少し離《はな》れた場所だったこともあり、辺《あた》りを照《て》らすのはポツポツと立っている街灯《がいとう》と信号機《しんごうき》の明かりだけ。

さっさと買い物を済《す》ませて戻《もど》ろう。私《わたし》はなんだか気味悪さをすら感じていた。

早歩きで大通りを進み、横断歩道《おうだんほどう》のある信号機《しんごうき》の前で立ち止まる。

私《わたし》はふと目線を上げた。

道の向こうに女がいた。

車が4台通れる大きな道。その反対側《はんたいがわ》の信号機側《しんごうきがわ》の暗がりに女が立っていた。

普通《ふつう》は誰《だれ》もいない場所で人を見かけると人は安心するものだが、その瞬間《しゅんかん》、私《わたし》はむしろ強烈《きょうれつ》な不安《ふあん》に襲《おそ》われたのを覚《おぼ》えている。

…………カチカチカチカチカチカチカチカチカチカチカチカチカチカチカチ。

通りの向こうから小刻《こきざ》みに何か小さな音が聞こえてきた。

それは、女がこちらを凝視《ぎょうし》したまま信号機《しんごうき》の黄色いボタンを押《お》し続《つづ》ける音だった。

流石《さすが》にすれ違《ちが》うのは怖《こわ》かった。幸い道の向こうにも横断歩道《おうだんほどう》があったので、私《わたし》はそっと向きを変《か》えて歩くことにした。

数歩進んだときだろうか、視界《しかい》の右端《みぎはし》でゆらゆらと動くものに気がついた。

横断歩道渡《おうだんほどうわた》ろうとしていたあの女が、通りの向こうで自分の真隣《まどなり》を歩いていたのだ。

一瞬《いっしゅん》ギョッとして足を止めると女もピタッと動きが止まる。同じ女か確《たし》かめようと後ろを振《ふ》り返った私《わたし》は、自分の目を疑《うたが》った。

さっきの横断歩道《おうだんほどう》にまだあの女がいたのだ。

じゃあ、この目の前の女は誰《だれ》？　生きた人間ではないと肌《はだ》で感じた。

カチカチカチカチカチカチカチカチカチカチカチ…………。

横断歩道《おうだんほどう》のほうの女はこちらを見たままスイッチを押《お》し続《つづ》けている。

信号《しんごう》が青になってあいつがこっちの通りに来たら、これ、ヤバいんじゃないか？

背筋《せすじ》に悪寒が走った。

通りの向かいの女はまだゆらゆらゆらゆらとついてくる。走り出したかったが、もしこの女たちも走り出したらと思うと、とてもじゃないが無理《むり》だった。

下を向いて歩いたそこからの30秒は何分にも感じられた。

カチッという音が道の先から聞こえて私《わたし》は目線を上げる。

横断歩道側《おうだんほどうがわ》の脇《わき》にパイプ椅子《いす》に座《すわ》って通りの向こうを見ている男の人がいた。

足早に近づくと男の人が手に銀色のものを持っていることに気がつく。あれは道路にどれだけ車が通るのかを記録《きろく》する〝交通量調査《こうつうりょうちょうさ》の人〟が持っているカウンターだ。

助けを求《もと》めて駆《か》け寄《よ》ろうとして頭によぎる。『不《ぶ》気味な女が分裂《ぶんれつ》して片方《かたほう》が追いかけてくるんです』。こんなこと言って誰《だれ》が信《しん》じてくれるだろう。

私《わたし》がそう悩《なや》んで数メートル手前で止まっていると、男の人がこちらを向いて言った。

「ここは渡《わた》らずに、もう2つ先に行った横断歩道《おうだんほどう》を渡《わた》ったほうがいいっすよ。アイツ、あそこまでしか行けないっぽいんで。あと、まだ2人だから早く行けば大丈夫《だいじょうぶ》だと思う」

「……え、はい」

あの女のことを言っているの？　彼《かれ》にも見えている？　次々《つぎつぎ》と疑問《ぎもん》が浮《う》かんだが私《わたし》はと

りあえず男の人の言葉に従《したが》って2つ先の横断歩道《おうだんほどう》まで進み、そこでゆっくりと振《ふ》り返った。

女は2人とも消えていた。

私《わたし》は、きっちりコンビニに寄《よ》ってから、裏道《うらみち》を通ってここみの家に走り帰った。

数日後、学校でここみが青ざめた表情《ひょうじょう》でこう言ってきた。

「この前言っていたあの女の話なんだけどさ。昨日《きのう》、お母さんがマンションの人に『夜の9時から12時の間はあそこ通っちゃダメ。女の地縛霊《じばくれい》が出るよ』って言われたらしい……」

地縛霊《じばくれい》というのは一定の場所から動けない霊《れい》のことを言うそうだ。

だが、本当にあの女がそうなのだろうか。そうやって分類《ぶんるい》してわかった気になっていいのだろうか。あの女は〝増《ふ》えた〟。そんな幽霊《ゆうれい》、私《わたし》は聞いたこともない。

あの男の人も私《わたし》と同じように考えて、不安《ふあん》だったのかもしれない。

だから、あそこであの女の〝法則《ほうそく》〟を調べていたのかも。

どこまで進めて、どんな条件《じょうけん》で増《ふ》えるのか。まだ誰《だれ》も知らないルールはあるのか。

ここみの一家は今また引《ひ》っ越《こ》しを検討《けんとう》しているそうだ。

分かれ道

きっと全部私《わたし》のせいなのです。

中学1年生のときの私《わたし》は、周《まわ》りからよく見られたいとばかり考えていました。そのため、小学校から一緒《いっしょ》に上がったハナと一緒《いっしょ》に本を読んだり絵を描《か》いたりして過《す》ごすことが何となくダサく思えてしまい、徐々《じょじょ》に彼女《かのじょ》に素《そ》っ気《け》なく接《せっ》するようになっていたのです。今思えば、なんとひどい行動だったのだろうと思います。

そんなある日、美術《びじゅつ》の授業《じゅぎょう》でクラスでもちょっとやんちゃな女子として知られていた、ユカ、ホナミ、アキラという3人組と一緒《いっしょ》になったことがありました。

正確《せいかく》に言うなら、グループのリーダーだったユカがホナミとアキラと同じ席《せき》に座《すわ》るために、私《わたし》の隣《となり》にいた生徒《せいと》を無理矢理《むりやり》どかせ、4人がけの席《せき》に割《わ》り込《こ》んできたのです。本来なら先生に一喝《いっかつ》されて元の席《せき》に戻《もど》されるものですが、美術《びじゅつ》の授業《じゅぎょう》は自由席《じゆうせき》で、新任《しんにん》の竹村先生が少し気弱な性格《せいかく》の女性《じょせい》だったこともあり、この程度《ていど》のことは黙認《もくにん》されていました。最初《さいしょ》は警戒《けいかい》していましたが、意外にも絵を描《か》くことに関心《かんしん》を寄《よ》せる彼女《かのじょ》たちに徐々《じょじょ》に気を許《ゆる》して、気がつけば結構《けっこう》話をするようになっていました。

このまま彼女《かのじょ》たちと仲良《なかよ》くなれるかも。そんな薄暗《うすぐら》い期待にうずうずと動かされ、ある日の美術《びじゅつ》の授業《じゅぎょう》で「こっち空いているよ！」とクラスに入ってきた3人に自分から声をかけました。最初《さいしょ》は私《わたし》の行動をからかっていた彼女《かのじょ》たちでしたが、私《わたし》が仲良《なかよ》くなりたい一心から気弱な竹村先生を小声でイジるようになったことで、「あんた意外《いがい》に毒舌《どくぜつ》なんだね」と一目置《お》かれるようになったのです。

内心は先生に申し訳《わけ》ないという気持ちも強かったのですが、それよりも周《まわ》りから甘《あま》く見られていないタイプの子たちと接点《せってん》を持てたということのほうが重要《じゅうよう》でした。

「最近《さいきん》ユカちゃんたちと先生イジっているけどさ。そういうのやめたほうがいいよ」

「え、別《べつ》にハナには関係《かんけい》なくない？　説教《せっきょう》しないでよ」

気がつけばハナとの仲《なか》はすっかり冷《さ》めていました。

そんな日々《ひび》が続《つづ》いたあるときのお昼休み。ホナミがこんなことを言い出しました。

「この前3年のマリちゃんとカラオケ行ったときに聞いたんだけどさ、通っちゃダメって言われている駅への近道あるじゃん。あそこ〝分かれ道〟って言われているんだって」

「え、でもあそこは一本道じゃん」

ホナミが先輩《せんぱい》に聞いた奇妙《きみょう》な噂《うわさ》。それは通学路の途中《とちゅう》にある、住宅街《じゅうたくがい》の一角を抜《ぬ》けて駅につながる近道にまつわるものでした。元々《もともと》その道は学校側《がっこうがわ》から「近隣住民《きんりんじゅうみん》の迷惑《めいわく》になるので通ってはいけない」と言われている一本道で、言うことを聞かない生徒《せいと》が時たま抜《ぬ》けると、道の手前に住んでいる家のおじさんが生徒《せいと》を怒鳴《どな》りつけることでも知られていました。

ですが、3年の先輩《せんぱい》が体験《たいけん》したのはもう少し奇妙《きみょう》なものだったそうです。

「なんかさ、マリちゃんが学校に残《のこ》っていたら16時半くらいになっちゃって、急いで帰ろうとしてそこ行ったらさ、新任《しんにん》の先生が立っていて『通るな』って言われたらしい」

「おっさん本人じゃなくて先生が居《い》たんだ？」

「そう。で、不思議《ふしぎ》なのがさ、その先生になんで立ってんの？　ってマリちゃんが聞いたら『とにかく新任《しんにん》の先生は1年に一度ここに立つように校長に言われているんだ』って言ったらしい。実際《じっさい》マリちゃんが行った10月10日以外《いがい》は先生いなかったんだって。だから、その日だけは絶対《ぜったい》に通さないようにしているってことじゃない？」

「ふ～ん……どこが分かれ道なんだろうね」

この奇妙《きみょう》な話にユカとアキラはとても食いつきました。

というのも、その10月10日というのがまさに今日だったからです。

「じゃあ、今日行ってみようよ！」

『そういうの、やめたほうがいいよ』

こういう空気には乗ったほうが盛《も》り上がるのはわかっていました。けれど、知らない人にまで迷惑《めいわく》をかけて良《い》いのだろうかという思いと、ハナの言葉が突然《とつぜん》よぎったのです。

「あのさ、あたし学校に残《のこ》っておくよ」

「え、なに、ビビってんの～？」

「いや、そうじゃなくて、結局新任《けっきょくしんにん》の先生が見張《みは》りに立つんでしょ？　今年だったら美術《びじゅつ》の竹村先生か。だったら誰《だれ》かが竹村先生を足止めしないといけないじゃん」

「それもそうか。じゃあ、見張《みは》りよろしく。足止めできたらスマホでメッセージ送って」

「うん」

　オレンジ色に染《そ》まった夕日がもうすぐ消えかけようとしている夕方16時30分頃《ごろ》。私《わたし》は美《び》術室《じゅつしつ》に行って、竹村先生に製作《せいさく》中だった絵のアドバイスをもらうという名目で足止めを始め、ユカたちに『足止め中』とメッセージを送りました。

「あとは、ええと、参考《さんこう》にしたほうがいい作家とかっていたりします？　ほら、絵は誰《だれ》かの真似《まね》したほうが上手《うま》くなるって言うじゃないですか！」

「今は自由にやるのが1番だと思うけど。あ、どうしよう、もうこんな時間！　ごめんね鷹宮《たかみや》さん、ちょっと用事があって出なきゃならないの。また明日でもいい？」

「え、あの……」

　だいたい20分くらい足止めできたでしょうか。教室に取り残《のこ》された私《わたし》はなんのためにこんなことしているんだろう、となんだかとても虚《むな》しい気持ちになってしまいました。
ふとスマホをつけるとユカたちのグループチャットにメッセージがたくさん届《とど》いていました。私《わたし》はそれを眺《なが》めながら、あの小道に向かってトボトボと歩き始めました。

『着きました～』
『先生はいない模様《もよう》、メイちゃん助かる～！』
『既読《きどく》つかねぇな。まあいいや、そのまま足止めお願《ねが》いね』
『ご褒美《ほうび》に実況《じっきょう》しておいてあげるー』
『おっさんいない。道も普通《ふつう》って感じ』
『ホナミにマリ先輩《せんぱい》にダマされたんじゃねって言ったらキレ出したんだけどｗｗ』
『え、なんか、なんの音もしない。というか、この道こんな長かったっけ？』
『ちょっと待って！　17時のチャイム――ちゃ変《へん》なん――けど！』
「17時のチャイム？」
スマホを見るとまだ16時53分でした。

『ねえ、大丈夫《だいじょうぶ》？　文字化けしているよ』

しかし、返事の代わりに送られてきたのはひとつの動画でした。

『ねぇ、ユカどうすんの？』

『知らないよそんなの！　というかいつまで鳴ってんのこれぇ！　メイ助けて！』

真っ赤に染《そ》まった空。窓《まど》の中が不自然《ふしぜん》なくらい真っ暗の住宅街《じゅうたくがい》。そして慌《あわ》てるユカたちの背後《はいご》から延々《えんえん》と聞こえているのは、歪《ゆが》んだ『夕焼《ゆうや》け小焼《こや》け』のチャイムの音でした。

テェーンテェーテェーテェーテェレレー……。

「なにこれ……」

動画が終わって足を止めると、私《わたし》は例《れい》の一本道の前に着いていました。

「あっ」

さっきまで足止めをしていた竹村先生が、一本道の手前でこちらに背中《せなか》を向けて立っていました。私《わたし》は足止めがバレてはいけないと別《べつ》の道を行こうとしたのですが、ちょうど振《ふ》り返った先生と目が合ってしまったのです。

「あ、どうも……」

「鷹宮《たかみや》さん。ちょっとこっちにきて」

これは怒《おこ》られる……と観念《かんねん》して目を伏《ふ》せながら隣《となり》に立つと、竹村先生はこう言いました。

「あれ見える？　私《わたし》の目がおかしいのかしら？」

見ると道が歪《ゆが》んでいました。

コンクリートの道、石垣《いしがき》、立ち並《なら》ぶ家と電信柱《でんしんばしら》、オレンジ色に染《そ》まった夕暮《ゆうぐ》れ。そのどれもが、水の中から空を見上げるようにグニャグニャと歪《ゆが》んでいたのです。

テェーンテェーテェーテェーテェレレー……。

町中に17時のチャイムが鳴り響《ひび》きました。

「おい、あんた中学校の先生か？　さっき誰《だれ》か通って行ったのを見たぞ！　何で誰《だれ》も見てなかったんだ？」

一本道の手前にある家から、青ざめた表情《ひょうじょう》のおじさんがブツブツと文句《もんく》を言いながら出てきました。

「ああ、どうすんだよ。もう無理《むり》だぞ、これは」

夢《ゆめ》でも見ているのかな。私《わたし》はこの狂《くる》った状況《じょうきょう》を飲み込《こ》めずにいました。

ピロリンピロリン！　ピロリンピロリン！

突然《とつぜん》ユカから電話がかかってきました。

「出ないほうがいい」

おじさんは首を小さく振《ふ》っていました。

ピロリンピロ……。

1人で聞くのが恐《こわ》かった私《わたし》は、かかってきた電話を竹村先生やおじさんにも聞こえるようにスピーカーで受けました。

『……ザッ、ザザザッ……………ほなみぃとあきらぁ……きえちゃったぁ…………。いま……めぇいとせぇんせぇいのめのまぇ……』

それはユカの声でしたが、まるであくびでもしているかのように間延《まの》びしていました。

『でもとおれなぁい……みえてるのにぃとおれなぁいみたぁーい……だしてぇぇ……か

えりたぁいよぉぉぉ……めぇいぃ……』

景色《けしき》のグニャグニャは激《はげ》しくなり、歪《ゆが》んだ線が徐々《じょじょ》に正しい位置《いち》に戻《もど》り始めました。それに合わせて電話のザァーザァーというノイズは激《はげ》しさを増《ま》し、一本道が元通りになると同時に電話はブツリと切れ、ユカ、ホナミ、アキラの3人は消えてしまいました。

その道がいつからそうだったのかは誰《だれ》にもわかりません。

けれど、おじさんが10月10日の16時30分から17時の間に景色《けしき》が歪《ゆが》むことに気づいてからは、なんとなく人が通らないように声をかけていたようです。

しかし、10年ほど前に生徒《せいと》が偶然《ぐうぜん》入り込《こ》んで消える事件《じけん》が起きました。その日からは学校もおじさんに協力《きょうりょく》して先生を立たせるようにしていたようですが、時間とともに学校の警戒心《けいかいしん》も緩《ゆる》み、竹村先生のように理由もわからず立たされる伝統《でんとう》だけが残《のこ》ったのでしょう。

どこまで過去《かこ》を遡《さかのぼ》ればこの悲劇《ひげき》を止められたのでしょうか。

私《わたし》が自分勝手にユカたちと仲良《なかよ》くなろうとしなければ、きっとこうはならなかったのではないかと今でも考えてしまいます。

魂縁《こんえん》

「今度のお正月にばあちゃん家《ち》に行くんだけど、ばあちゃん話が合わないんだよなぁ」

灰色《はいいろ》の空と刺《さ》すような寒さが顔を出し始めた年末《ねんまつ》。私《わたし》はコンビニの前で仲良《なかよ》しのカホが愚痴《ぐち》るのを、ホットミルクティーをすすりながら笑顔《えがお》で聞いていた。

私《わたし》は生まれてから一度も親戚《しんせき》に会ったことがない。生まれてからずっと母と2人だった。生まれる前に別《わか》れたという父の顔も知らない。

でも、母はいつも笑顔《えがお》で私《わたし》をここまで育ててくれた。きっといつも笑《わら》っているのはとんでもなく大変《たいへん》だったに違《ちが》いない。

「ただいまー」

「おかえりー、遅《おそ》いじゃん」

「帰りにカホがまた家族の愚痴《ぐち》大会始めちゃったんだ。年末《ねんまつ》におばあちゃんの家に行くのが退屈《たいくつ》で嫌《いや》なんだってさ〜」

「ふーん」

素《そ》っ気《け》なく返した母の態度《たいど》を見て自分のうかつさに気づく。

『ねぇ、なんでうちはお正月に親戚《しんせき》のとこに行かないの？』

小学校2年のとき、友達《ともだち》の親戚《しんせき》話に嫉妬《しっと》して母にそう聞いてしまったことがある。

そのときの母の悲しそうな顔が今でも忘《わす》れられない。だからそれ以来《いらい》、私《わたし》は母の前でそういう話題をしないことにしていたのに。

「おまんじゅう食べる？」

「……食べる」

手を洗《あら》ってからリビングに戻《もど》ると、母はいつもの笑顔《えがお》に戻《もど》っていた。私《わたし》は母と今の日常《にちじょう》が好《す》きだ。けれど、そんな日常《にちじょう》はあの日いきなり壊《こわ》れた。

ピーンポーン！

「アキ～、今手離《はな》せないから出て～」

「今ちょっと着替《きが》えているから無理《むり》！」

「まったくもう……。はーい！」

いつまで経《た》ってもドアの閉《し》まる音がしなかったのを覚《おぼ》えている。部屋を出てそっと玄関《げんかん》に顔を出した私《わたし》の目に入ってきたのは、ドアを開けたまま立ち尽《つ》くす母の背中《せなか》。その向こうには昼間の逆光《ぎゃっこう》を背《せ》にしたスーツ姿《すがた》の男が立っていた。

男はニコリと微笑《ほほえ》むと「では、お待ちしています」と母に告《つ》げて去っていった。

「セールスの人？」

母は足早に私《わたし》の横を通り過《す》ぎながらこう言った。

「今年のお正月はおばあちゃんの所に行くから」

年が明けた当日、レンタカーを借《か》りて朝からどこかの田舎《いなか》に向かって何時間も走り続《つづ》ける道中で母に何度聞いても「顔を出してすぐ帰るから」と言うだけだった。それから母は一度も私《わたし》の質問《しつもん》に答えてくれなかった。

おばあちゃんの家は私《わたし》の想像《そうぞう》とはかなり違《ちが》っていた。大きな山に囲《かこ》まれた広い丘《おか》の上。時代劇《じだいげき》にでも出てきそうな巨大《きょだい》な和風の屋敷《やしき》だったのだ。

たくさんの車が停《と》まる駐車場《ちゅうしゃじょう》から屋敷《やしき》へ歩いていると、あの日家を訪《たず》ねてきたスーツの男が笑顔《えがお》で話しかけてきた。

「あら、たか子さんにアキちゃん！　よく来たね〜！」

浮《う》かない表情《ひょうじょう》の母の肩《かた》をつかんで笑《わら》いかける男は、母の叔父《おじ》だと名乗った。

そうしていると次々《つぎつぎ》に親戚《しんせき》を名乗るおじさんやおばさんがこちらに寄《よ》ってきた。何人にあいさつされたのだろう。覚《おぼ》えているのはみんな台本でも読んでいるかのように「久《ひさ》しぶり！」「大きくなったねぇ〜！」と繰《く》り返していたことだけだ。

親戚《しんせき》たちに案内《あんない》され、きれいに張《は》られた障子《しょうじ》がずらりと並《なら》ぶ廊下《ろうか》を進む。一体いくつ部屋があるのだろうか。床板《ゆかいた》や梁《はり》などは確《たし》かに古そうだが手入れは行き届《とど》いている。焦《こ》げ茶の色合いがなんだか老舗《しにせ》旅館みたいだ。

「まだ少し早めだけど夕飯《ゆうはん》の準備《じゅんび》はできているから」、そう言われ通されたのは大広間。

障子《しょうじ》を開けるとすでに多くの親戚《しんせき》が談笑《だんしょう》しており、ゴーッという石油ストーブが何台も並《なら》ぶ暖《あたた》かで賑《にぎ》やかなその空間は、まさに私《わたし》が想像《そうぞう》していた親戚《しんせき》の家の光景《こうけい》そのものだった。

「わあ、すごっ……」

次に目に入ったのは背《せ》の低《ひく》い大きな長机《ながづくえ》。何台もつながったそれは広間の端《はし》から端《はし》まで届《とど》きそうな長さで、そこにはお刺身《さしみ》やお肉料理《にくりょうり》、とにかく美味《おい》しそうなごちそうがずらりと並《なら》んでいた。

「もしかして、あなたがアキちゃん？」

「え？」

「私《わたし》たちずっと会いたかったんだよ～！　おばあちゃまにずっと聞かされていたの。『あんたたちと同い年の子が都会に行っちゃったんだよ』って」

三つ編《あ》みを結《ゆ》った双子《ふたご》と思《おぼ》しき女の子たちが明るく話しかけてきた。

「ああ、うん、よろしく……」

「ほら、こっち座《すわ》ろうよ！」「こっち、こっち！」

双子《ふたご》に手を引かれた私《わたし》は、親戚《しんせき》に話しかけられていた母と引き離《はな》されて座《すわ》ることになってしまった。

話を聞くと双子《ふたご》は母とは遠い親戚《しんせき》だそうで、毎年こうやってお正月に集まるときに同世代がいなくて退屈《たいくつ》していたのだとか。

「さあ、今年も久地居《くじい》家の新年が始まりました！　末《すえ》長い家族に乾杯《かんぱい》！」

「かんぱーい！」「かんぱい！」「かんぱいー！」

小太りなおじさんが乾杯《かんぱい》のあいさつを始め、大広間はすぐに宴会《えんかい》ムードに変《か》わった。

両隣《どなり》に座《すわ》った双子《ふたご》は私《わたし》の学校の話やこれまでどこを移《うつ》り住んできたのかなど、私《わたし》を質問《しつもん》攻《ぜ》めにし、気がつくと目の前にあのスーツの叔父《おじ》が座《すわ》っていた。

「楽しんでくれているようでなによりだよ。おばあちゃんもきっと喜《よろこ》ぶよ」

そうか今日はおばあちゃんに会いにきたんだっけ……。この人たちは母とどういう関係《かんけい》なんだ。それに、さっき乾杯《かんぱい》のときに言っていた苗字《みょうじ》、今まで聞いたこともなかったな。

「そろそろ?」「うん」

「え、なになに?」

双子《ふたご》は私《わたし》の両脇《わき》を抱《かか》えるように立ち上がると、大広間の外に私《わたし》を連《つ》れ出した。

「おばあちゃまがアキちゃん待っているから」「あそこの明かりが漏《も》れている離《はな》れが見える? あそこにいるから行って」

「え、急になになに……」

「行って」

同時に言い放った双子《ふたご》の表情《ひょうじょう》はひどく恐《おそ》ろしげなものだった。

ギシッ、ギシッ、ギシッ……。

木張《ば》りの外廊下《ろうか》は肌寒《はだざむ》く、ガラス扉《とびら》の向こうに見える景色《けしき》はすっかり暗くなっている。

「お母さん……どこ行ったんだろ……」

宴会《えんかい》の賑《にぎ》わいが届《とど》かなくなった頃《ころ》、私《わたし》はおばあちゃんがいるという部屋の前に着いた。

「失礼《しつれい》しまーす……」

障子《しょうじ》を開けるとそこはなんとも奇妙《きみょう》な造《つく》りの広々《ひろびろ》とした和室だった。

入口側《がわ》には背《せ》の高い2脚《きゃく》のろうそく台、そして木製《もくせい》の神棚《かみだな》のようなものが置《お》かれている。

その中央には〝筆文字でお経《きょう》が書かれた1本の長い布《ぬの》のはじっこ〟がそっとかけてある。

奇妙《きみょう》なのはそれだけではない。部屋の中央を仕切るように天井《てんじょう》から大きな2枚《まい》の布《ぬの》が垂《た》れ下がり、お経《きょう》の書かれた布《ぬの》がその仕切り布《ぬの》の向こうに伸《の》びていたのだ。

「よく来たね。名前はなんだい？」

突然《とつぜん》、ひどいガラガラの声が仕切り布《ぬの》の向こうから聞こえた。

「如月《きさらぎ》アキです……」

「アキちゃんか。会えて嬉《うれ》しいよ」

仕切り布《ぬの》の向こうにもあると思われるろうそくの明かりで、かろうじてシルエットが見える。どうやらおばあちゃんは布団《ふとん》に寝《ね》たきりになっているようで、体を布団《ふとん》から起こしてこちらを見ているようだった。

「その布《ぬの》を手首に巻《ま》きなさい」

私《わたし》は夢《ゆめ》を見ているようなフワフワした感覚《かんかく》の中で、おばあちゃんの声に従《したが》った。

「魂《たま》は見る……ぬしは誰《だれ》とも知らねども……結《むす》びとどめ……血あゆころも……」

おばあちゃんはおまじないのような言葉をブツブツと唱《とな》え始めたのだ。

ドクン、ドクン、ドクン、ドクン……。

心臓《しんぞう》の音と共《とも》にフワフワする感覚《かんかく》が強烈《きょうれつ》になり、私《わたし》は神棚《かみだな》の前で倒《たお》れてしまった。

ドクン、ドクン、ドクン、ドクン……。

ふと手を見ると、巻《ま》きつけられた布《ぬの》にプツプツと血がにじみ出ていた。痛《いた》くないのににじみ続《つづ》ける血のシミは布《ぬの》を伝《つた》っておばあちゃんの方にジワリ、ジワリと進んでいた。

血のシミが仕切り布《ぬの》の手前まで来たときに、私《わたし》は確《たし》かにこの目で見た。

黒々《くろぐろ》とした長い爪《つめ》にしなびた灰色《はいいろ》の肌《はだ》。とても人とは思えない恐《おそ》ろしい手が仕切り布《ぬの》をかき分け、ヌーッ……と出てきて布《ぬの》の先端《せんたん》をギュッと握《にぎ》ったのだ。

布《ぬの》をつかんだ手は仕切り布《ぬの》の向こうに消え、おばあちゃんのシルエットはその布《ぬの》のはじっこを口元に持っていこうとしていた。

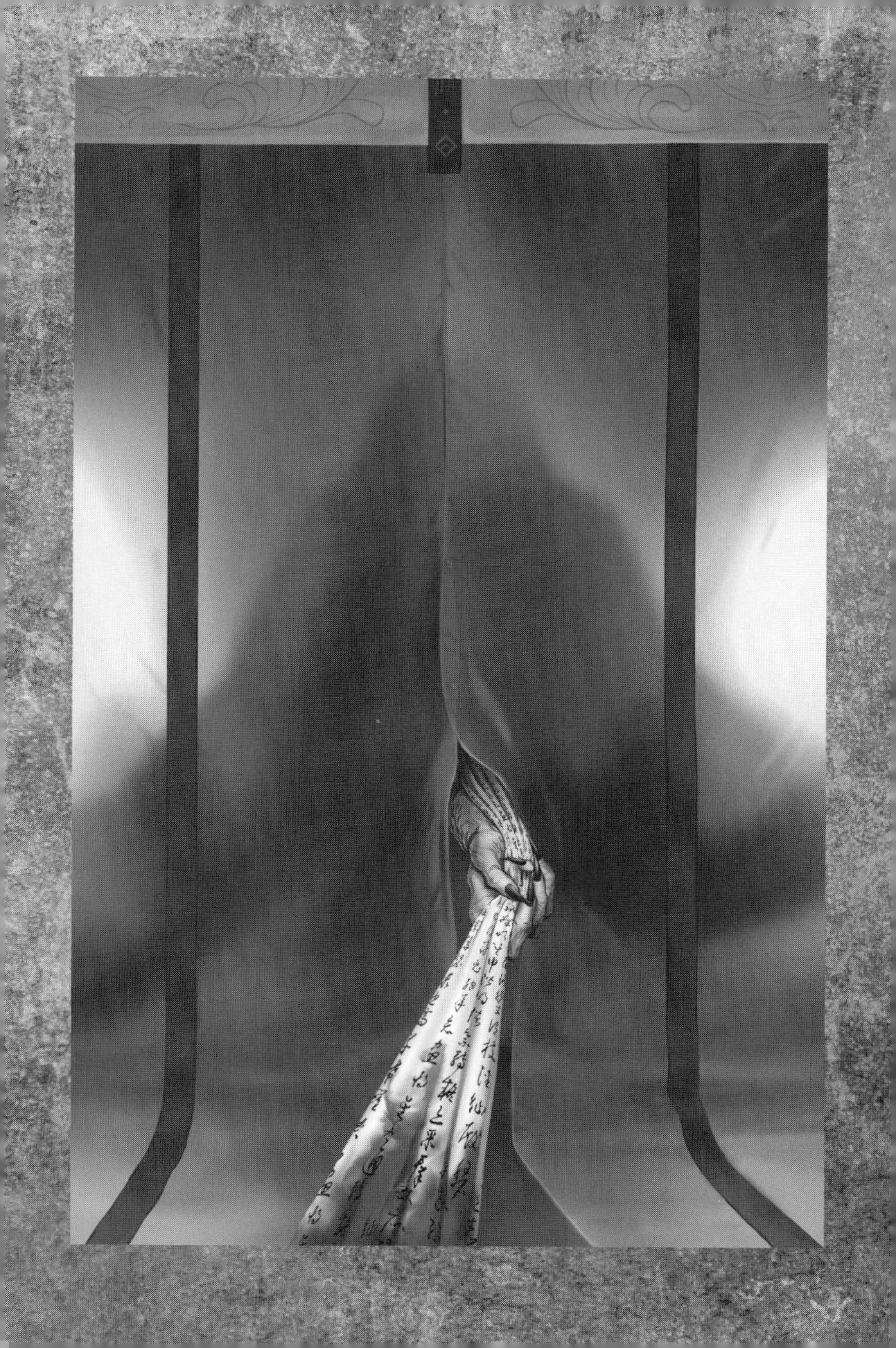

「お前の祖母《そぼ》もきっと向こうでお前を待っているよ」

お母さん、助けて。

バンッ！

背後《はいご》の障子《しょうじ》が勢《いきお》いよく開く音がした。

「アキ！　ごめんね、本当にごめんなさい……私《わたし》がどうかしていた」

私《わたし》を抱《だ》きしめたのは、ポロポロと涙《なみだ》を流す母だった。

「大丈夫《だいじょうぶ》、大丈夫《だいじょうぶ》、すぐ連《つ》れて帰るから」

「たか子……お前、自分が何をしたのかわかっているのか」

「黙《だま》れ！　この鬼《おに》！」

母は手に持っていた包丁《ほうちょう》で血の滴《したた》る布《ぬの》をブツリと切り裂《さ》き、私《わたし》を抱《かか》えるように立たせると屋敷《やしき》を走り抜《ぬ》けていった。

「たか子さーん！　どこ行った！」「あいつ血迷《ちまよ》ったんか……必《かなら》ず捕《つか》まえろ！」

母は私《わたし》を見て涙顔《なみだがお》で笑《わら》ってくれた。私《わたし》は落ちそうなまぶたを必死《ひっし》にこらえてこう言った。

「笑《わら》わなくても大丈夫《だいじょうぶ》だよ」

そうして私《わたし》たちは車に飛《と》び乗り、屋敷《やしき》を後にした。

あのあとすぐに私《わたし》たちは引っ越《こ》すことになった。突然《とつぜん》の転校にカホは大泣《な》きして慰《なぐさ》めるのが大変《たいへん》だったが、今でもよく連絡《れんらく》を取り合ってこちらのことを心配してくれている。

あの屋敷《やしき》の連中《れんちゅう》、久地居《くじい》家がなんなのかは母もよくわからないという。

ただ、小さい頃《ころ》に何度か連《つ》れて行かれたことがあり、ある日私《わたし》の本当のおばあちゃんがあの儀式《ぎしき》のせいで亡《な》くなったのだそうだ。

「あいつらは絶対《ぜったい》に親戚《しんせき》なんかじゃない」と母はそう吐《は》き捨《す》てた。

正直、またあいつらが訪《たず》ねてくるかもという恐怖《きょうふ》はある。

だけど、私《わたし》と母ならきっと切り抜《ぬ》けられるはずだ。

呼《よ》ぶビデオの女

「タカオおじさんが家で亡《な》くなったって……」

タカオおじさんはぼくの父さんの弟で3兄弟の末《すえ》っ子でした。数年前に奥《おく》さんを病気で亡《な》くしてから1人で暮《く》らしていましたが、たまにお土産《みやげ》を持って家に訪《たず》ねてくるなど、病気などもせず明るく振《ふ》る舞《ま》っていたのです。そんなタカオおじさんの〝原因不明《げんいんふめい》の死〟はぼくら家族、とりわけ次男だった父さんをとても悲しませました。

葬儀《そうぎ》も済《す》んだ頃《ころ》。3兄弟の長男だったマサノリおじさんの一家と、ぼくらの一家が合同で亡《な》くなったタカオおじさんの家に行って遺品《いひん》の整理をすることになりました。

これはタカオおじさんが亡《な》くなってからわかったことなのですが、タカオおじさんは奥《おく》さんがなくなってからすごい量《りょう》のゴミを溜《た》めるようになっていたそうで、その家はいわゆる〝ゴミ屋敷《やしき》〟化してしまっていたのです。

1階は父さんとマサノリおじさんが担当《たんとう》し、比較的《ひかくてき》ゴミが少なかった2階はぼく、そしてマサノリおじさんの息子であるユウキとその弟のリュウセイの3人で掃除《そうじ》することになりました。ユウキは別《べつ》の学校に通ってはいましたが、ぼくと同じ中学2年生。リュウセイは小学6年生とそこまで歳《とし》が離《はな》れていなかったことや、父さんたちの影響《えいきょう》で全員映画好《えいがず》きという趣味《しゅみ》があったので、割《わり》と仲《なか》が良《よ》かったのです。

親族の手伝《てつだ》いとはいえ、亡《な》くなったおじさんの家でほぼゴミ掃除《そうじ》と同じ遺品《いひん》整理をするというのは普通《ふつう》であれば嫌《いや》な作業でしょう。ですが、ぼくらは内心ちょっとワクワクしていました。というのも、父さんたち3兄弟は程度《ていど》の差《さ》はあれど皆映画《みんなえいが》マニアで、なかでも三男だったタカオおじさんはたくさんの映画《えいが》を持っていました。ぼくらは欲《ほ》しいのがあればもらってもいいと父さんたちに言われていたのです。

「うわ、階段《かいだん》の途中《とちゅう》からすごいな……」

「昔、遊びに来たときはこんなんじゃなかった記憶《きおく》あるけどなぁ」

積《つ》み上げられているゴミ袋《ぶくろ》や紙袋《かみぶくろ》をどかしつつ、ぼくらは２階に上がりました。物置《ものおき》と化していた２階の部屋は大量《たいりょう》の本や映画《えいが》のビデオがうず高《たか》く積《つ》まれており、どこもかしこもホコリだらけでした。生活に関《かん》するゴミや汚《よご》れなどは１階に集中していたようで、そういう部分では幸運だったと言えるかもしれません。

そこから、ぼくらはとにかく片《かた》っ端《ぱし》からゴミと持ち帰り用に分別《ぶんべつ》していきました。

３時間くらい経《た》ったでしょうか。あらかた部屋が片付《かたづ》き、普通《ふつう》に座《すわ》れるようになってきた頃《ころ》。ぼくらはテレビ付近《ふきん》のＶＨＳテープの山に手をつけました。

「ＶＨＳかぁ。配信《はいしん》サイトとかＤＶＤとかよりも前の保存《ほぞん》メディアだもんな。これでしか出ていない映画《えいが》もたくさんあるって知れたのは、タカオおじさんのおかげだな」

「そうだなぁ……」

ふと、小さい頃《ころ》から仲良《なかよ》くしてくれていたタカオおじさんがいなくなってしまった悲しさがこみ上げてきました。

「お兄ちゃん、これは捨《す》てていい？」

「どれ、見せてみ？」

リュウセイが渡《わた》してきたのは手書きのラベルが貼《は》られたビデオでした。

「ああ、テレビでやっていた映画《えいが》を録画《ろくが》したやつかぁ。こういうのめっちゃレアだよな」

「昔のテレビコマーシャルとか入っていたりするんだよな！」

そうこうしているうちに日は暮《く》れ始め、1階と2階両方であらかたの片付《かたづ》けが終わったということで解散《かいさん》になりました。ぼくたちの家もそう遠い距離《きょり》ではなかったのですが、全員クタクタだったこともあって、その日はタカオおじさんの家から1番近いマサノリおじさんの家に泊《と》まらせてもらうことになったのです。

お風呂《ふろ》をもらってご飯《はん》もいただき、疲《つか》れを落としたぼくらはユウキの部屋で今日持って帰ってきたお宝《たから》の中身をチェックすることにしました。

「おおー、『ザ・ブリード』のＤＶＤじゃん」

「今それ買おうとすると超《ちょう》高いんだよな！　マジでお宝《たから》だよ！」

「じゃあ次ぼくの番ね。実はこんなのも持ってきた」

リュウセイが袋《ふくろ》から取り出したのは、手書きラベルのＶＨＳテープでした。

「手書きビデオゾーンにあったやつじゃん。なんの映画《えいが》？」

「わかんない。書いてないの。きっとレアなのかなと思って」

真っ黒なそのビデオテープの背《せ》のラベルを見てみると、タカオおじさんの手書きでそう書かれていました。

【◎月◎日／△△（地名）／ホテル】

「映画《えいが》じゃないじゃん。お前こういうの、持ってきたってしょうがないだろ」

「これさ、呪《のろ》いの心霊《しんれい》ビデオみたいなやつだったりして」

「……え、じゃあ見てみようぜ」

「おい、本気かよ」

「リュウセイは下に降《お》りてろ〜」

「え〜、ぼくが見つけたのに！」

いそいそと立ち上がったユウキはリュウセイを部屋から出すと、マサノリおじさんのビデオデッキを持ってきました。そして、部屋にあったテレビにテキパキとつなぐや、ためらいもなくその謎《なぞ》のテープを差《さ》し込《こ》んで再生《さいせい》ボタンを押《お》したのです。

「どうなっても知らないぞ」

「大丈夫《だいじょうぶ》だって！」

ザ――――……。

画面には砂嵐《すなあらし》と呼《よ》ばれるノイズがしばらく流れました。そして突然《とつぜん》ブツッという音とともに画面に映像《えいぞう》が映《うつ》し出されたのです。

【◎月◎日／△△（地名）／ホテル】

そう書いてある画用紙を持った人の胸《むね》のあたりが映《うつ》っていました。顔こそ見えませんでしたが、服装《ふくそう》や髪型《かみがた》からその人が女性《じょせい》だとわかりました。

ザ――――……。

再《ふたた》び砂嵐《すなあらし》が映《うつ》り、今度は廃墟《はいきょ》が映《うつ》し出されました。

『はい、これが、噂《うわさ》のホテルなんですけど』『ついにやってきましたねー』

聞こえてきたのはリポーター風の喋《しゃべ》りをしている男性《だんせい》2人組の声でした。

「廃墟探索《はいきょたんさく》のビデオっぽいね。マジで心霊《しんれい》ビデオなんじゃないの……」

昔のハンディカメラで撮《と》ったような粗《あら》い画質《がしつ》の映像《えいぞう》は、恐《おそ》ろしいものが何も映《うつ》っていなくても十分すぎるほど不《ぶ》気味だったのを覚《おぼ》えています。

雑談《ざつだん》をしながら廃墟《はいきょ》をウロウロしていた撮影者《さつえいしゃ》たちは、1階奥《おく》の客室に進んでいきました。妙《みょう》に広いその部屋にはベッドがそのまま残《のこ》っており、カメラはそんなベッドを横切って部屋の隅々《すみずみ》を映《うつ》していったのです。

『うーん、何にもありませんねぇー。果《は》たして噂《うわさ》は本当なんでしょうか』

「うわっ！」ぼくは思わず声を上げてしまいました。

カメラが部屋の隅《すみ》からもう一度ベッドの方に向いた瞬間《しゅんかん》、ベッドの上にさっきはいなかった女が背《せ》を向けて座《すわ》っているのが映《うつ》し出されたのです。

『うわぁぁあああぁああ!!』『逃《に》げろ！　逃《に》げろ！』

撮影者《さつえいしゃ》たちは直後に大声をあげて走り出し、映像《えいぞう》は途中《とちゅう》でブツリと切れて終わりました。

「やべー。超《ちょう》ビビった……。でも、さ、流石《さすが》にフェイクだよな？」

「……あれさ、最初《さいしょ》に出てきた女じゃないか。服の色とか同じだったよな……」

「え、いやわかんなかったけど……」

『ケイスケ』

「うわぁぁ!!」

「え、え、なに今の!?」

突然《とつぜん》、廊下《ろうか》の向こうから見知らぬ女の声がぼくの名前を呼《よ》んだのです。

パニックになったぼくが自分の名前を呼《よ》ばれたことを話すと、ユウキの顔から血の気が引いていったのがわかりました。

「え、俺《おれ》には『確《たし》かめなくていいの？』って言っていたように聞こえたんだけど……」

2日後、突然《とつぜん》ぼくのスマホにユウキからメッセージが届《とど》きました。

『あの日はお前と一緒《いっしょ》に持ってきた映画《えいが》を見ただけで、あのビデオは見ていない。なのに、俺《おれ》の部屋にあの女が来るのはおかしい』

この意味不明《ふめい》なメッセージについて何度聞き返しても、ユウキからは既読《きどく》すらつきませんでした。流石《さすが》に心配になったぼくは、その日の夕方、自転車に乗り込《こ》みユウキの家まで向かうことにしたのです。

「すみません！　ケイスケです！」

「あら、どうしたの、急に？」

インターホンを押《お》すとユウキのお母さんが出ました。

「ユウキいますか？」

「上にいるけど、昨日《きのう》から体調悪いって寝込《ねこ》んでるのよ」

「ちょっと上がっていいですか？」

「いいけど……」

プツリと途切《とぎ》れたインターホンの音。ぼくは駆《か》け込《こ》むように玄関《げんかん》を開けました。

そのとき、女の人が自分の横をすれ違《ちが》って出ていくような風と匂《にお》いがしたのです。

背中《せなか》に寒気が走るのを感じました。

「そんなに慌《あわ》ててどうしたの？」

出迎《でむか》えてくれたユウキのお母さんを無視《むし》して靴《くつ》を脱《ぬ》ぎ、２階のユウキの部屋まで駆《か》け上がって部屋の扉《とびら》を勢《いきお》いよく開けました。

ユウキは部屋の隅《すみ》でブルブルと震《ふる》えて膝《ひざ》を抱《かか》えていました。

あのビデオを見た翌日《よくじつ》。ユウキは学校から帰って玄関扉《げんかんとびら》を開けると、突然背後《とつぜんはいご》から女の人が入ってきたような風と匂《にお》いを感じたのだそうです。

そして、その日の夜に部屋の外で女がうろついている足音と、「確《たし》かめなくていいの？」という声が聞こえ、それが今までずっと続《つづ》いていたというのでした。

ぼくらはこのできごとをマサノリおじさんに話し、神社へお祓《はら》いに連《つ》れて行ってもらうと、あのビデオも引き取ってもらいました。

あのまま放っておいたら、ぼくらもタカオおじさんのようになっていたのでしょうか。

ぼくの横を通り過《す》ぎていったあの女の匂《にお》いは、今でも忘《わす》れられません……。

コチョウの夢《ゆめ》

小学6年生の春休み。ぼくは昔から家族ぐるみで仲良《なかよ》くしていた山崎《やまざき》さん一家に誘《さそ》われて、車で旅行に行くことになりました。

もともとは山崎《やまざき》家全員で行く予定だったそうですが、ちょうど旅行の時期がエリコおばさんとぼくのお母さんが共《とも》にファンだった歌手の記念《きねん》ライブと重なっていたらしく、今回に限《かぎ》り母コンビは一緒《いっしょ》にそのライブに行くことに。母子家庭だったぼくの面倒《めんどう》を見るという意味もあって、旅行のお誘《さそ》いをしてくれたというわけです。

当日は気持ちの良《よ》い春晴れ。早朝に山崎《やまざき》家の前に集合し、山崎《やまざき》家のお父さんであるカズノリさん、ぼくと同い年のトモコちゃん、その4歳《さい》の妹のタマコちゃん、そしてぼくの4人が車に乗り込《こ》むと、いよいよ旅は幕《まく》を開けました。

車内で学校の話や最近《さいきん》あったおもしろいできごとなどの話題で笑《わら》いあっていたとき、トモコちゃんが言った何気《なにげ》ない言葉が記憶《きおく》に残《のこ》っています。

「なんか車にキョウスケがいるの、不思議《ふしぎ》だなぁ」

「はは、いつもは家族だけで乗っているからね。人間っていうものは普段《ふだん》と違《ちが》うできごとを奇妙《きみょう》に感じるものさ。私《わたし》も旅行で知らない場所に行くとよくその感覚《かんかく》になるよ」

「じゃあ、今日行く鬼槻《おにつき》村でもそういう気持ちになるんですかねぇ」

「……キョウスケ盛《も》り上がっているじゃん。流石《さすが》お父さんと同じオカルト好《ず》きだわ」

「オカルト好《ず》きってなにぃ？」

「オバケとか宇宙人《うちゅうじん》とか、そういうものが好《す》きな変《へん》な人たちのことだよ〜」

「……お父さん、今日オバケのとこ行くのぉ？」

「いや、オバケは出ないよ。今日行く場所はね〝虫送り〟という珍《めずら》しい儀式《ぎしき》で有名なんだ」

〝虫送り〟。

それは、日本の田舎《いなか》で昔から行われてきた儀式《ぎしき》のこと。田植えを終えた時期に木やワラで人形を作ってそこに〝不幸《ふこう》〟を宿し、それを神様がいるという神聖《しんせい》な川まで流しに行くことで、農作物を荒《あ》らす虫がこないように願《ねが》うのです。しかし、ぼくらが向かっている鬼《おに》槻《つき》村の虫送りは普通《ふつう》の虫送りとは少し違《ちが》っていました。

都心から車で数時間、辺《あた》りが薄暗《うすぐら》くなってきた頃《ころ》にようやく鬼槻《おにつき》村に到着《とうちゃく》。すぐに宿泊《しゅくはく》予定の民宿《みんしゅく》に向かいました。

「写真では見ていたけど、生で見ると違《ちが》うなぁ〜……」

車に乗り疲《つか》れていましたが、その大きな民宿《みんしゅく》には驚《おどろ》かされました。

焦《こ》げ茶色に染《そ》まった木の柱にワラで作られた立派《りっぱ》な屋根。古めかしいそのたたずまいは、まるでタイムスリップでもしたかのような錯覚《さっかく》を与《あた》えました。

「遠いところからよくお越《こ》しになりました」

出迎《でむか》えてくれたのは民宿《みんしゅく》をやっている深谷さんというおばあちゃん。

「ちょうどご飯《はん》もできますので、ゆっくりしてください。小さいけど温泉《おんせん》もありますので」

民宿《みんしゅく》の中はまるで時代劇《じだいげき》のセットのようで、ぼくらは興奮《こうふん》して夢中《むちゅう》で写真を撮《と》りました。

そうしていると、あっという間に夕飯《ゆうはん》の時間に。運ばれてきた美味《おい》しそうなご飯《はん》のなかには、部屋の真ん中にある囲炉裏《いろり》で作る川魚の塩焼《しおや》きといった風情《ふぜい》のあるメニューもあり、これには皆《みんな》で大喜《よろこ》びしたのを覚《おぼ》えています。

「ところで、明日の鬼槻《おにつき》村の虫送りは、どんなところが特別《とくべつ》なんでしょうか」

食事が終わって囲炉裏《いろり》のそばでくつろいでいると、カズノリさんが明日の虫送りについて深谷さんに問いかけました。

「特別《とくべつ》というか、とある伝説《でんせつ》に倣《なら》っているというだけですよ」

深谷さんが聞かせてくれた〝鬼槻《おにつき》の虫送り伝説《でんせつ》〟はひどく切ないものでした。

時は江戸《えど》時代。都から離《はな》れた田舎《いなか》の山奥《やまおく》に位置《いち》していた当時の鬼槻《おにつき》村は、苦労《くろう》して作った作物の大部分が食い荒《あ》らされるほどの虫の被害《ひがい》に困《こま》っていました。そのため、村人は被《ひ》害《がい》に遭《あ》うたびに虫送りの儀式《ぎしき》を繰《く》り返したそうです。

このとき村全体をまとめて虫送りを取り仕切ったのが、村のために力を尽《つ》くした平八郎《へいはちろう》という人物。平八郎《へいはちろう》はとても賢《かしこ》い男で、家のそばの裏山《うらやま》をくりぬいて地下道を作り、そこで育てたキノコを村人に配ることでなんとか村を飢《う》えから守っていました。村から信頼《しんらい》されていたこともあって、鬼槻《おにつき》村の虫送りは平八郎《へいはちろう》の家から神様がいるという川まで、何度も往復《おうふく》してワラ人形を投げ込《こ》むというものに変化《へんか》していったのだとか。

そんな平八郎《へいはちろう》にはとても美しく健気《けなげ》な〝コチヨ〟という若《わか》い娘《むすめ》がいました。

コチヨは虫送りの儀式《ぎしき》でも人一倍がんばったそうで、次第に村人たちが虫送りをしても無駄《むだ》だと心が折《お》れていく中で、たった1人で家から川までの間を何百回と往復《おうふく》し、ついには力尽《つ》きて家の前で息絶《た》えてしまったのです。しかしその後、コチヨのおかげか奇跡的《きせきてき》に虫の被害《ひがい》は収《おさ》まり村には平和が戻《もど》りました。平八郎《へいはちろう》は彼女《かのじょ》の犠牲《ぎせい》を忘《わす》れないために、自分の家を神社に作り変《か》え、現在《げんざい》まで続《つづ》く鬼槻《おにつき》村の虫送りの伝統《でんとう》を作ったのだそうです。

翌日《よくじつ》は朝から虫送りの準備《じゅんび》で大忙《おおいそが》しでした。

村でも大きかった深谷さんの民宿《みんしゅく》には朝から続々《ぞくぞく》と村人が集まり、儀式《ぎしき》に使うワラ人形や松明《たいまつ》を作りました。鬼槻《おにつき》村の虫送りは不幸《ふこう》を宿すワラ人形に布《ぬの》を被《かぶ》せてそこに鬼《おに》の顔を描《か》くのですが、ぼくらはその鬼《おに》の顔を描《か》くお手伝《てつだ》いをしたりして過《す》ごしました。

そうして迎《むか》えた夜。村には太鼓《たいこ》の音とオレンジ色にゆらゆらと揺《ゆ》れる松明《たいまつ》の光が満《み》ち、なんだか不気味《ぶきみ》な雰囲気《ふんいき》が漂《ただよ》っていたのを覚《おぼ》えています。

「お姉ちゃん、なんか怖《こわ》い……」

「大丈夫《だいじょうぶ》だよ。私《わたし》の手をしっかり握《にぎ》っていて」

ドン！　ドン！　ドン！

「ホーイホーイ……。邪《じゃ》も虫もやりましょ虫送り〜。鬼槻社《おにつきやしろ》の川の先ぃ〜。ホーイホーイ……鬼槻社《おにつきやしろ》の虫送りぃ〜」

村中の人が繰《く》り返し歌うその歌声を聞きながら、ぼくらは神社から川に向かって歩きはじめました。掛《か》け声に合わせて上下に動かされるワラ人形たちを眺《なが》めているうちに、深谷さんから聞いたコチヨの伝説《でんせつ》の中に入り込《こ》んだような錯覚《さっかく》を覚《おぼ》えました。

ドン！　ドン！　ドン！

「ホーイホーイ……。邪《じゃ》も虫もやりましょ虫送り〜。鬼槻社《おにつきやしろ》の川の先ぃ〜。ホーイホーイ……鬼槻社《おにつきやしろ》の虫送りぃ～」

きっとコチヨもこの歌を1人で唱《とな》えながら必死《ひっし》になって虫送りをしたのかなぁ。いつの間にか着いていた川べりからボチャン、ボチャンと村人たちがワラ人形を投げ込《こ》んでいると、隣《となり》から突然《とつぜん》声がしました。

「鬼槻社《おにつきやしろ》の虫送り。いまだおわらず……」

声の方を向くと、タマコちゃんが白目をむいて口を開けていました。

虫送りが終わったその日の夜。タマコちゃんは突然熱《とつぜんねつ》を出して倒《たお》れてしまったのです。

「え、タマコが熱《ねつ》出した？」

「村のお医者さんいわく『単《たん》なる熱《ねつ》だからすぐに良《よ》くなる』らしいけど、民宿《みんしゅく》や村の人が『熱《ねつ》が下がってから帰りな』って言ってくれてさ。その間はタダでいいからって」

「みんないい人たちでよかった……。でも、なんかあったら今みたいにすぐ連絡《れんらく》してね！」

翌日《よくじつ》は小雨が1日中降《ふ》るどんよりとした天気でした。

スヤスヤと眠《ねむ》るタマコちゃん。つきっきりだったカズノリさんも流石《さすが》に疲《つか》れてしまったのか、夕方くらいにはタマコちゃんの隣《となり》で眠《ねむ》ってしまいました。

サァー……と音を立てて降《ふ》り続《つづ》ける雨と静《しず》かで薄暗《うすぐら》い部屋の空気は、壁《かべ》に寄《よ》りかかってスマホをいじっていたぼくとトモコちゃんを深い夢《ゆめ》の世界に誘《いざな》いました。

ピチョン……ピチョン……。

気がつくとぼくは薄暗《うすぐら》い洞窟《どうくつ》のような場所におり、暗がりの向こうに背中《せなか》を向けたタマコちゃんが立っているのが見えました。

振《ふ》り返った彼女《かのじょ》は全身ずぶ濡《ぬ》れでシクシクと泣《な》いていました。

「いまだおわらず、鬼槻社《おにつきやしろ》の虫送り。どうか扉《とびら》を開けてくれ……」

タマコちゃんが昨日《きのう》川のそばで聞いた女の人の声でそう語ると、背後《はいご》の暗がりから女の人の濡《ぬ》れた手がヌッ……と伸《の》びてきたのです。

ぼくとトモコちゃんは同時に飛《と》び起きました。

外はまだ小雨降《ふ》る夕暮《ゆうぐ》れ。時間はほとんど経《た》っていないようでした。

「2人も見たの?」呆然《ぼうぜん》としているといつの間にかタマコちゃんが立っていました。

「コチヨさん、開けてほしいんだって。虫送りもう一度したいって」

普通《ふつう》は単《たん》なる夢《ゆめ》だと思うでしょう。でも、なんというかそのときははっきりと〝コチヨの願《ねが》いを聞いた〟という確信《かくしん》があったのです。ぼくとトモコちゃんは互《たが》いに顔を見合わせると、コチヨの願《ねが》いを叶《かな》えるためにタマコちゃんを連《つ》れて外に出ました。

なぜこんな危《あぶ》ないことを何の疑問《ぎもん》も持たずにしたのか。今ならそう感じます。でも、頭の中でコチヨの助けを求《もと》める泣《な》き声が響《ひび》いていて、なんとか助けたいと思ったのです。

先頭を歩くタマコちゃんに導《みちび》かれて着いたのはあの小さな神社。

誰《だれ》もいない本殿《ほんでん》に入ると、奥《おく》に短い階段《かいだん》を見つけました。その短い階段《かいだん》を降《お》りてから狭《せま》い木の廊下《ろうか》を進むと、木の棒《ぼう》で栓《せん》がされた古びた扉《とびら》がありました。

「これ、もしかして深谷さんが話してくれた平八郎《へいはちろう》が作った地下道の入り口かな」

「でも、ただキノコを作っていた洞窟《どうくつ》でしょ？　なんでこんな神社の奥《おく》に……」

「この奥《おく》にお姉さんがいる。お姉ちゃん、キョウちゃん早く開けてあげて」

「う、うん」

カコンッ！　ギギギギギギイッ……。

ぼくとトモコちゃんが何とか木の栓《せん》を抜《ぬ》くと、扉《とびら》が音を立てて開きました。持っていたスマホのライトで中を照《て》らすと、そこは岩でできた狭《せま》い洞窟《どうくつ》でした。

ピチョン……ピチョン……。

湿《しめ》っぽくて暗い洞窟《どうくつ》を進むと見えてきたのは岩を削《けず》り出した階段《かいだん》。

シクシク……シクシクシク……。

その階段《かいだん》の奥《おく》の暗闇《くらやみ》から聞こえてきたのは、女の人の泣《な》き声でした。

「コチヨさんだ」

走り出したタマコちゃんを追って降《お》りた階段《かいだん》の向こうに彼女《かのじょ》はいました。

背《せ》を向けて座《すわ》り込《こ》むその姿《すがた》は悲しげで、ライトに照《て》らされたボロボロの和服は全身がビチョビチョに濡《ぬ》れていました。

「コチヨさん……」

ググッ。

トモコちゃんの言葉に反応《はんのう》した女の人がうつむいていた顔を持ち上げると、ボロボロの布袋《ぬのぶくろ》が被《かぶ》せられており、不《ぶ》気味な鬼《おに》の絵が描《か》かれていることに気がつきました。

「ようやっと扉《とびら》をあけてくださった」

目線を下げると、ぼくらの前に立っていたタマコちゃんがあのときと同じように白目をむいて女の人の声でそう言っていました。

「……あの、夢《ゆめ》でぼくらに話しかけていたのはあなたですか、コチヨさん？」

「そのような名ではありませぬ。あたしはコチョウと申します。コチヨというのは、名もまともに呼《よ》べぬこの村の者が呼《よ》んだだけ」

コチョウさんはボロボロの手で布《ぬの》をガリガリと引っかきました。

「優《やさ》しい童《わらべ》たち。もうひとつ頼《たの》み事聞いてくれないかい。この布《ぬの》を外しておくれ」

クイッと優《やさ》しげに首をかしげたコチョウさん。

ぼくとトモコちゃんはコチョウさんの首元に巻《ま》き付《つ》いていた細縄《ほそなわ》を近くに落ちていた石でガリガリと削《けず》ると、ブツリ……と音を立てて縄《なわ》が切れました。

「ああ、ようやっと遂《と》げられる……なんと礼を言ったら良《よ》いのやら」

「これで、虫送りをもう一度やれるんですよね？」

コチョウさんはゆっくりと汚《よご》れた布袋《ぬのぶくろ》を取ると、ビチャリ……と床《ゆか》に放りました。

「ようやくこの村に虫を送り返してやれる」

その顔は異様《いよう》なほど青白く、濡《ぬ》れて顔に張《は》り付《つ》いた長い髪《かみ》の毛の隙間《すきま》から見える目は、白く濁《にご》っていました。

「旅人だったあたしを捕《と》らえ、口をふさぎ、布《ぬの》を被《かぶ》せ、虫送りのためと川に捨《す》てた平八郎《へいはちろう》と村の者どもよ」、そう言うとコチョウさんは手を広げ、真っ黒で底《そこ》の見えない口をバカッと開けると大声で笑《わら》い始めました。

「息絶《た》えたと思うな！　あの日川から舞《ま》い戻《もど》ったように、穴蔵《あなぐら》に閉《と》じ込《こ》めてもあたしは三《み》度舞《たびま》い戻《もど》る。鬼槻社《おにつきやしろ》の虫送り、いまだおわらず！」

ブブブブブブブブブ!!　突然《とつぜん》、洞窟《どうくつ》の奥《おく》から蛾《が》の大群《たいぐん》が音を立てて現《あらわ》れると、それは猛《もう》烈《れつ》な風とともにぼくらを飛《と》び越《こ》えていきました。

思わずつぶってしまった目をそっと開けると、そこには濡《ぬ》れた和服と布袋《ぬのぶくろ》が落ちているだけで、コチョウさんの姿《すがた》はどこにもありませんでした。

トモコちゃんが倒《たお》れていたタマコちゃんを抱《だ》きかかえると、彼女《かのじょ》は目を覚《さ》ましてあっけらかんとした表情《ひょうじょう》で「行っちゃったね」とつぶやきました。

民宿《みんしゅく》に戻《もど》るとカズノリさんは眠《ねむ》そうな目をこすって体を起こし、元気になっているタマコちゃんを見て微笑《ほほえ》みました。

「皆《みんな》、そんなに泥《どろ》だらけになって、どこで遊んでいたんだい？」

翌朝《よくあさ》、ぼくたちは鬼槻村《おにつきむら》を離《はな》れました。

帰り際《ぎわ》に村の人たちがたくさんのお土産《みやげ》をくれました。

そのときの笑顔《えがお》が今でも頭から離《はな》れません。

それからしばらくして、ニュースで鬼槻村《おにつきむら》が大規模《きぼ》な山崩《やまくず》れに遭《あ》ったことを知りました。

ぼくたちのしたことは、本当に正しかったのでしょうか……。

マミさん

「ねぇ、サトミちゃん、ちょっといい？」

ある日の休み時間、私《わたし》は名護《なご》先生に声をかけられました。

名護《なご》先生は私《わたし》の通う中学に３ヶ月前に赴任《ふにん》してきたばかりの新しい先生で、人当たりも良《よ》く皆《みんな》から好《す》かれていました。

「ちょっと聞きたいんだけど、あなたミズキちゃんたちと仲良《なかい》いわよね？」

名護《なご》先生が言うには、クラスメイトのミズキちゃん、カリンちゃん、ジュリちゃんの３人の帰りが最近遅《さいきんおそ》いそうで、親御《おやご》さんから心配する電話がかかってきたというのです。

「私《わたし》には彼女《かのじょ》たちがどこに行っているか見当つかなくてさぁ。サトミちゃん人気者だから何か知っているかなって思って」

「う〜ん……」

私《わたし》は明るい性格《せいかく》だったこともあり、クラスメイトの動向は結構《けっこう》耳に入っていました。けれど、別《べつ》にミズキちゃんたちのグループとはそこまで仲《なか》が良《い》いわけでもなかったので、帰りが遅《おそ》い理由まではわかりませんでした。

「あの3人って結構《けっこう》おとなしい感じだから、駅前のゲーセンとかファミレスとかに入り浸《びた》る感じでもないと思うんですよね。だから謎《なぞ》だなぁ〜」

「なるほどねぇ。やっぱり直接《ちょくせつ》聞いてみるしかないか……ありがとうね！」

確《たし》かにどうしてあの3人の帰りが遅《おそ》くなるなんてことがあるんだろう……。見当がつかずモヤッとしたものが残《のこ》りました。

それから2日後の放課《ほうか》後。私《わたし》は所属《しょぞく》する卓球部《たっきゅうぶ》を少しのぞいた後に1人で帰ろうとしていました。というのも、数日前に足首を捻挫《ねんざ》してしまい卓球部《たっきゅうぶ》を休部中だったのです。

体育館を出て歩いていると、少し前に帰り支度《じたく》を済《す》ませた様子の名護《なご》先生の後ろ姿《すがた》が見えました。

「名護《なご》先生！　おつかれさまでーす。もう帰るんですか？　いつも忙《いそが》しそうなのに」

「ああ、今日はミズキちゃんたちの件《けん》でちょっと行かなきゃいけないところがあって」

名護《なご》先生は数日前に帰りがけのミズキちゃんたちを呼《よ》び止め、単刀直入《たんとうちょくにゅう》に放課後《ほうか》にどこに行っているのかを聞いてみたのだそうです。思いつめている悩《なや》みでもあるのかと色々《いろいろ》予想していたそうですが、返ってきたのは予想もしていなかった答えでした。

「『マミさんの家にお邪魔《じゃま》している』って言うのよ」

「マミさんの家？」

ミズキちゃん曰《いわ》く、マミさんの家というのは帰り道の途中《とちゅう》にある結構《けっこう》大きな家のことだそうで、そこに住む〝マミさん〟という優《やさ》しい女性《じょせい》とお話をしたりお茶をごちそうになったりしているというのです。

「彼女《かのじょ》たちは心配ないって言うんだけど、ちょっと心配でしょ？　学校関係者《かんけいしゃ》でもない一般《いっぱん》の方みたいだし。だから、これからお邪魔《じゃま》しようと思っていて。幸いミズキちゃんたちがマミさんに話したら、私《わたし》が行くことを快《こころよ》くＯＫしてくれたらしいの」

「え、今から行くんですか！　私《わたし》も行く！」

「ダメよ！」

「いいじゃないですか〜。ダメって言われても、どっちにしろ私《わたし》の帰り道とちょっと違《ちが》うだけで同じ方向みたいだし、マミさんを見るまでは帰りません！」

「まったくもう……」

涼《すず》やかな秋風を感じつつ、私《わたし》たちは〝マミさんの家〟に行くことになりました。

ピーンポーン！

「あの、ご連絡《れんらく》させていただいていた燕《つばめ》ノ山中学の名護《なご》と申します」

「お待ちしておりました」

インターホンから聞こえてきたのは、穏《おだ》やかな女性《じょせい》の声でした。

「マジでいたんだ、マミさん……」

「こら、静《しず》かに！　というかもう帰りなさい！」

「あら、生徒《せいと》さんもご一緒《いっしょ》？　どうぞご一緒《いっしょ》に上がってください」

「いや、この子は大丈夫《だいじょうぶ》なんで！」

「えー、いいじゃん」

私《わたし》はマミさんに気づかれたのを良《い》いことに家にお邪魔《じゃま》することに成功《せいこう》しました。

門構《もんがま》えの時点で立派《りっぱ》だった家はレトロな和風建築《けんちく》でしたが、決して古びているわけではありません。まるで一流旅館を思わせる雰囲気《ふんいき》すら漂《ただよ》っていたのが記憶《きおく》に残《のこ》っています。

こんな家が帰り道の近くにあったなんて。一体マミさんとは何者なのだろう……。そんな思いは、玄関扉《げんかんとびら》を開けて出てきたマミさん本人を見て一層《いっそう》高まりました。

ピシッとしたセンターパートの黒髪《くろかみ》は美しく後ろに結《ゆ》われており、耳の後ろには水引のような和風の髪留《かみど》めが刺《さ》さっていました。紺《こん》と白の和服はなんとも大人っぽい雰囲気《ふんいき》で、涼《すず》しげかつ切れ長の美しい眼《め》は私《わたし》の心を一瞬《いっしゅん》で虜《とりこ》にしました。

「こちらへどうぞ」

私《わたし》たちを応接間《おうせつま》に案内《あんない》する仕草は、どこか老婦人《ろうふじん》のような落ち着きすら感じさせました。

「あれ、サトミちゃん？」「なんでいるの？」「びっくりした～！」

応接間《おうせつま》の奥《おく》にある長テーブルでは、ミズキちゃんたちがすでに勉強をしながらお茶菓子《ちゃがし》を楽しんでいました。

「さっき偶然《ぐうぜん》、名護《なご》先生に会っちゃって……」

「どうぞ座《すわ》ってください。お茶も用意しておりますので」

「あ、ご親切にどうも」

名護《なご》先生と私《わたし》は荷物と上着を脱《ぬ》ぐと、高級そうなソファに腰掛《こしか》けました。

「学校やご家庭にお話をしっかりしないままで申し訳《わけ》ありません。前々《まえまえ》からよろしくないなと思っておりまして。ましてや女の子たちですから、なおさら心配なさるでしょう」

「どーせ、私《わたし》のお母さん全然《ぜんぜん》心配してないですよ！」

「こーら、そういうことを言うもんじゃありませんよ、ミズキさん」

おちゃらけるミズキちゃんをたしなめるマミさんはまるでみんなの先生のようで、想像《そうぞう》よりずっと優《やさ》しくてしっかりした女性《じょせい》という印象《いんしょう》でした。

「このくらいの年頃《としごろ》には気晴らしできる場所が必要《ひつよう》でしょ？　先生を前に恥《は》ずかしいです

が、勉強も少しくらいなら見てあげられますし。そういう学校でもお家《うち》でもない、ゆったりとした時間を提供《ていきょう》できればと思いまして、こうして放課《ほうか》後にここを提供《ていきょう》しておりました。まあ、子どもたちとの時間は私《わたし》の楽しみでもあったんですけれど」

ここに来て良《よ》いとなったら、そりゃ私《わたし》でも入り浸《びた》ってしまうなぁ、そう思わせるほどにマミさんの話し方と家は心地《ここち》良《よ》いものでした。

名護《なご》先生とマミさんは和やかに大人の会話を進め、1時間ほどして私《わたし》たちは家を後にしました。名護《なご》先生が下した答えは、他の生徒《せいと》には秘密《ひみつ》にしておくという条件《じょうけん》を守り、親とマミさんの双方《そうほう》に迷惑《めいわく》をかけないのなら、今後もお邪魔《じゃま》しても良《よ》いというものでした。

「あ、マミさんの苗字《みょうじ》を確認《かくにん》するのを忘《わす》れちゃっていたわ。誰《だれ》か覚《おぼ》えてない？」

「表札《ひょうさつ》は来るときによく見ますけど。そういや、あの苗字《みょうじ》なんて読むんだろう」

その後、名護《なご》先生は教頭先生と親御《おやご》さんたちにマミさんの件《けん》を報告《ほうこく》し、どちらも納得《なっとく》させることができました。マミさんの家の存在《そんざい》はこのままミズキちゃんたちと私《わたし》だけの秘密《ひみつ》として終わろうとしていたのです。

しかし、いつからかクラスの他の女子たちにマミさんの家の噂《うわさ》が漏《も》れてしまい、ポッポッとお邪魔《じゃま》する生徒《せいと》が増《ふ》えていきました。次第に『あの日は誘《さそ》ってもらえなかった』『あんたは行き過《す》ぎ』というように、嫉妬《しっと》し出す場面が増《ふ》えていったのです。

そしてある日、問題が起きました。

なかなかマミさんの家に行けず嫉妬《しっと》したジュンコちゃんという子が、厳《きび》しいことで有名な中山先生にマミさんの家で暴力《ぼうりょく》を受けたと言ったのです。誰《だれ》がどう考えても嘘《うそ》でしたが、事情《じじょう》を知らない中山先生は事をあからさまに荒《あら》だて、校長先生の耳に歪《ゆが》められた形で伝《つた》わった結果《けっか》、マミさんの家に行くことは一切禁止《きんし》となってしまったのでした。この報告《ほうこく》はマミさんを慕《した》っていた生徒《せいと》や名護《なご》先生をひどく落胆《らくたん》させました。

それから2日後。マミさんがお詫《わ》びの菓子《かし》折《お》りを持って学校に謝罪《しゃざい》をしに来ました。皆《みんな》こっそり職員室《しょくいんしつ》のそばで耳をそば立てて聞いていたのですが、中山先生はやたらキツイ言い方でマミさん、そしてOKを出した名護《なご》先生を責《せ》め立てていました。

「このたびは本当に申し訳《わけ》ありませんでした。今後先生方にご迷惑《めいわく》がありませんよう、何かあればこちらにご連絡《れんらく》くださいませ」

マミさんはそう言って名刺《めいし》を渡《わた》すと席《せき》を立ち、私《わたし》たちに悲しそうに微笑《ほほえ》むと何も言わずに帰っていきました。その後ろ姿《すがた》を見届《みとど》けた名護《なご》先生はトボトボと職員室《しょくいんしつ》に戻《もど》るとお茶を片付《かたづ》けだし、私《わたし》たちもそれを手伝《てつだ》いました。

チャリン。

中山先生の飲んでいた湯のみの底《そこ》に十円玉が入っていました。

奇妙《きみょう》なことが起き始めたのはその日からでした。

中山先生の湯のみに立て続《つづ》けに十円玉が入る現象《げんしょう》が起きただけでなく、授業《じゅぎょう》中に先生が十円玉を飴《あめ》のように舐《な》めていたのが発覚《はっかく》し、病気を疑《うたが》われて休職《きゅうしょく》してしまったのです。

しかし、事態《じたい》はそれだけでは収《おさ》まらず、今度はあの密告《みっこく》をしたジュンコちゃんが休日に家族と行ったショッピングモールの駐車場《ちゅうしゃじょう》で、持っていた十円玉で突然《とつぜん》辺《あた》りの車に傷《きず》をつけたことで補導《ほどう》されてしまったというのです。

この異常《いじょう》な騒《さわ》ぎに学校は騒然《そうぜん》となり、マミさんの呪《のろ》いだと大騒《さわ》ぎになりました。流石《さすが》に一報《いっぽう》を入れたほうが良《よ》いと生徒《せいと》に詰《つ》め寄《よ》られた名護《なご》先生は、心配する生徒《せいと》たちの前であのときマミさんにもらった名刺《めいし》を取り出しました。

それはハサミで切って作ったような手書きの名刺《めいし》で、真ん中に一言だけ『狐狗狸《こっくり》』と書いてありました。

こっくりとは、指を置《お》いた十円玉に霊《れい》を憑依《ひょうい》させ、その十円玉が50音と「はい」と「いえ」が書かれた紙の上を勝手に動き出すことで質問《しつもん》に答えてもらう、という占《うらな》い遊びで有名な霊《れい》の名前なのです。

名護《なご》先生はその名刺《めいし》を机《つくえ》に置《お》くとうなだれながら言いました。

「狐狗狸《こっくり》の狸《たぬき》ってね、『マミ』とも読むんだよ……」

かつて誰《だれ》かがこっくりさんをしてマミさんを呼《よ》び出したとでも言うのでしょうか。

その日の帰り、私《わたし》やミズキちゃんをはじめとした生徒《せいと》数人でマミさんの家に行きましたが、そこには全く別《べつ》の家が建《た》っていて、そこの住人はマミさんなんて人は見たことも聞いたこともないということでした。

エピローグ

あなたもお嬢様の暇つぶしに付き合わされたみたいですね。
お疲れ様でした。体はなんともありませんか？

そうですか。
私は川口　凛。宮子様の付き人です。
特に覚える必要はありません。

わざわざＯｃｃｕｌｔに入れ込むなんて、
宮子様やあなたの気が知れません。
それと長時間の使用はおすすめしません。
いつ何が起きてもおかしくないのですから。
次に会うときもお互い無事だといいですね。
それでは失礼します。

文

むくろ幽介
怪奇現象に目がないライター。職業柄不思議な体験に巻き込まれやすい。
X：@mukuroningyou

カバーイラスト

猫谷いななき
グラフィックデザイナー兼イラストレーター。儚い白髪少年のイラストを主に制作を行う。
Instagram：@inanaki_nekoya

本文イラスト

icula
イラストレーター。主にホラー、ファンタジー、リアルイラスト制作で活動中。
X：@icula_uran

Occult -オカルト- 闇とつながるSNS 3

2024年7月11日　初版発行

文	むくろ幽介
カバーイラスト	猫谷いななき
本文イラスト	icula
デザイン・DTP	株式会社明昌堂
校正	有限会社あかえんぴつ
制作協力	かぁなっき、余寒、角田領太
発行者	鈴木伸也
発　行	株式会社大泉書店 〒105-0001 東京都港区虎ノ門4-1-40　江戸見坂森ビル４F 電話 03-5577-4290（代）／FAX 03-5577-4296／ 振替 00140-7-1742
印刷・製本	株式会社シナノ

ISBN　978-4-278-08534-1　　C8093
NDC913　224P　18×12cm

「ギガ母さん」「山の掟」「お化けの出る日」「線香の母」「木霊」「信号機の女」「呼ぶビデオの女」「マミさん」は禍話を引用・リライトしたものになります。